곰돌이 푸

Winnie-the-Pooh

Winnie-the-Pooh

곰돌이 푸

앨런 알렉산더 밀른 지음
어니스트 하워드 쉐퍼드 그림
김지영 옮김

브라운 힐
BrownHillPub

곰돌이 푸

1판 1쇄 인쇄 | 2024. 4. 25.
1판 1쇄 발행 | 2024. 4. 30.

지은이 | 앨런 알렉산더 밀른
그린이 | 어니스트 하워드 쉐퍼드
옮긴이 | 김지영
펴낸이 | 윤옥임

펴낸곳 | 브라운힐
서울시 마포구 토정로 214번지 (신수동)
대표전화 (02)713-6523, 팩스 (02)3272-9702
전자우편 yun8511@hanmail.net
등록 제 10-2428호

ISBN 979-11-5825-160-4 03840
값 16,000원

☞ 잘못 만들어진 책은 바꾸어 드립니다.

곰돌이 푸와 친구들

푸(위니 더 푸)

피글렛
(아기 돼지)

크리스토퍼 로빈

이요르
(당나귀)

래빗
(토끼)

'캥거'와 아기 '루'
(캥거루)

아울
(올빼미)

일러두기

1. 이 책의 원서(原書)는 작가 알란 알렉산더 밀른이 1926년에 발표한 《Winnie-the-Pooh》(위니 더 푸)입니다.

2. 작가 밀른이 아들 크리스토퍼 로빈 밀른(1920년 출생)과 아들의 다양한 동물 인형을 주인공으로 내세워 어린 아들에게 들려주던 이야기들을 하나로 묶은 것이 이 작품입니다. 어린 아들을 무릎에 안고 이야기를 지어내 조곤조곤 들려주는 작가를 떠올리면, 이 작품만이 지닌 독특한 구성을 이해하게 되고 읽는 재미도 한층 커질 것입니다.

3. 이야기 속에 등장하는 우즐(Woozle), 헤파럼프(Heffalump)는 작가가 지어 낸 상상 속의 동물입니다.

4. 네 번째 이야기 '이요르의 잃어버린 꼬리를 찾아 준 푸'를 보면, 푸가 찾은 이요르의 꼬리를 크리스토퍼 로빈이 못을 박아 다시 달아 줍니다. 이요르 역시 아들 크리스토퍼 로빈의 당나귀 인형이 의인화된 것이기에 가능했을 작가의 상상 력이 낳은 장면입니다.

차 례

저자 서문

크리스토퍼 로빈이 나오는 다른 책을 읽은 적이 있다면, 크리스토퍼 로빈이 한때 백조를 데리고 있었고(아니면 백조가 크리스토퍼 로빈을 데리고 있었는지 잘 모르겠지만), 그 백조의 이름이 '푸'였다는 것을 기억할지도 모르겠다. 아무튼 그것은 오래전의 일이고, 백조와 헤어지면서 우리는 백조에게 더 이상 '푸'라는 이름이 필요하지 않으리라고 생각해서 그 이름도 다시 가져왔다. 그런데 어느 날, 이름이 에드워드인 곰이 자기도 뭔가 신바람 나는 이름을 갖고 싶다고 말하자, 크리스토퍼 로빈은 조금도 망설이지 않고 그 자리에서 '위니 더 푸(Winnie-the-Pooh)'라는 이름을 붙여 주었다. 그렇게 '위니 더 푸'가 탄생했다. 자, 지금까지 '푸'라는 이름이 생긴 까닭을 설명했으니까 나머지 이름에 대해서도 계속 이야기해 보겠다.

런던에 오래 살다 보면 누구라도 동물원(런던의 리젠트파크(Regent Park) 북쪽에 위치한 런던동물원(London Zoo). 영국에서 가장 많은 수의 동물을 보유하고 있다.)에 한 번쯤 놀러 간다. 어떤 사람들은 입구로 들어서자마자 동물들을 보는 둥 마는 둥 한 채 재빨리 모든 우리를 지나쳐 출구로 나가 버리지만, 최고로 멋진 사람들은 가장 좋아하는 동물이 있는 곳으로 직행해서 줄곧 거기에 머무른다. 크리스토퍼 로빈도 동물원에 가면 늘 북극곰이 있는 데로 달려가서, 왼쪽에서 세 번째에 있는 사육사에게 뭐라고 귓속말을 한다. 그러면 문의 빗장이 열리고, 우리는 어두운 통로를 따라 들어가서 가파른 계단을 올라가 마침내 그 특별한 우리에 도달한다. 우리가 열리면 안에서 갈색 털이 복슬복슬한 뭔가가 성큼성큼 걸어나오고, 크리스토퍼 로빈은 "우아~, 곰아!" 하고 탄성을 지르며 그 곰의 두 팔에 덥석 안긴다.

조금 전에 이 곰의 이름이 '위니'라고 했는데, 곰으로서는 아주 근사한 이름이지만, 우습게도 '푸'의 이름을 따서 '위니'라는 이름을 지은 것인지 아니면 '위니'의 이름을 따서 '푸'라는 이름을 지은 것인지는 기억나지 않는다. 한때는 알고 있었지만 그만 잊어버려서…….

여기까지 쓰자 피글렛(피글렛(piglet)은 '새끼 돼지'라는 뜻으로 이 책의 이야기에 나오는 동물 중 하나다.)이 나를 올려다보며 특유의 찍찍거리는 소리로 묻는다.

"나에 대해서는요?"

내가 말했다.

"귀여운 피글렛, 이 책이 다 네 얘기야."

피글렛이 다시 찍찍거렸다.

"그건 푸도 마찬가지잖아요."

피글렛이 이러는 까닭을 알 것이다. 피글렛은 지금 푸가 서문을 독차지하고 있다고 여기고 질투하는 것이다. 물론 푸가 가장 사랑받는 주인공인 것은 사실이지만, 피글렛에게는 푸에게 없는 많은 장점이 있다.

푸를 학교에 데려가면 모든 사람에게 들키겠지만, 피글렛은 아주 작아서 주머니에 넣어 데려갈 수가 있다. 그리고 7 곱하기 2가 12인지 22인지 헷갈릴 때 주머니 속의 피글렛을 만지작거리면 훨씬 마음이 편해진다. 가끔 피글렛은 주머니에서 빠져나와 잉크병 안에 숨어서 주변을 살피기도 하는데, 이런 식으로 푸보다 훨씬 더 많은 걸 알 수 있었다. 그렇지만 푸는 그런 것에 개의치 않는다. '누구는 머리가 좋을 수도 있고, 누구는 머리가 안 좋을 수도 있다.'는 것이 푸의 말이다. 그것은 사실이지 않은가.

이젠 다른 친구들도 나서서 말하기 시작한다.

"우리는요?"

아무래도 이쯤에서 서문을 끝내고 이야기를 시작하는 게 최선일 것 같다.

앨런 알렉산더 밀른

1
곰돌이 푸와 꿀벌들의 만남

"쿵, 쿵, 쿵."

에드워드 곰이 크리스토퍼 로빈의 뒤에서 뒤통수를 바닥에 찧으며 층계를 내려오고 있다. 에드워드 곰은 늘 이 방법으로 층계를 내려온다. 이 방법 말고 다른 방법은 없는 걸까? 잠깐이라도 머리 찧기를 멈추고 궁리해 본다면 좋은 방법이 떠오를지도 모를 텐데. 그러다가 또 생각해 보니 역시나 다른 방법은 없을 것 같기도 하다.

어쨌든 에드워드 곰이 층계를 다 내려왔고, 이제 여러분에게 소개할 차례다.

'위니 더 푸'.

그 이름을 처음 들었을 때 나도 여러분과 마찬가지로 의아한 생각이 들어서 이렇게 물어보았다.

"그런데 그 곰은 남자애 아니었니?"

"맞아요."

크리스토퍼 로빈이 말했다.

"그럼 위니(위니(Winnie)는 여자 이름인 위니프레드(Winifred)의 애칭)라고 부르면 안 되지 않니?"

"위니라고 부르지 않았는데요."

"하지만 네가……."

"이 곰의 이름은 '위니'가 아니고 '위니 더(the) 푸'예요. '더'가 왜 붙었는지 모르세요?"

"아, 그래. 이제야 알겠네."

나는 재빨리 대답하고 그냥 넘어갔다. 나는 여러분도 그러기를 바란다. 우리가 들을 수 있는 설명은 이게 전부니까.

위니 더 푸는 아래층에 내려오면 게임을 하고 싶어 할 때도 있고, 난롯가에 앉아서 이야기를 듣고 싶어 할 때도 있다. 오늘 밤은 무얼 하고 싶어 할까?

크리스토퍼 로빈이 말했다.

"이야기를 해보는 게 어떨까요?"

"어떤 이야기?"

내가 물었다.

"위니 더 푸에게 아주 재미있는 이야기를 해주신다든지……."

"못할 건 없지. 그런데 위니 더 푸는 어떤 이야기를 좋아하니?"

"자기 이야기요. 얘는 그런 이야기를 좋아해요."

"아, 그렇구나."

"그럼 아주 재미있게 해주실 거죠?"

"한 번 해보지, 뭐."

그래서 나는 이야기를 시작했다.

옛날 옛적에, 그러니까 지금으로부터 아주 오래전인 지난주 금요일쯤
에 일어난 일이야. 위니 더 푸는 어떤 숲속에서 샌더스(Sanders)라는
이름을 내걸고 혼자 살고 있었어.

("이름을 내건다는 게 무슨 뜻인가요?"

말하는 중간에 크리스토퍼 로빈이 물었다.

"대문에 거는 문패에다가 황금색 글씨로 '샌더스'라는 이름을 새겨 넣고 살았다는 뜻이야."

"위니 더 푸가 잘 모르는 것 같아서 물어보았는데, 이젠 알아요."

옆에서 뽀로통하게 우물거리는 목소리가 들렸다.

"그럼 이제 이야기를 계속해도 될까?")

어느 날, 위니 더 푸가 길을 한참 걷다 보니 숲속 한가운데에 공터가 있는 거야. 위니 더 푸는 그곳에서 걸음을 멈추고 주변을 두리번거렸지.

그 공터에는 아주 큰 떡갈나무 한 그루가 서 있었어. 그런데 그 나무 꼭대기에서 윙윙거리는 소리가 시끄럽게 나는 거야.

위니 더 푸는 나무 밑동에 앉아서 앞발로 머리를 감싸고 생각하기 시작했어.

그러고는 가장 먼저 이렇게 중얼거렸어.

"저렇게 윙윙 소리가 나는 건 저기에 뭔가 있다는 거야. 아무 이유도 없이 윙윙 또 윙윙, 계속해서 윙윙 소리가 날 리 없잖아. 윙윙 소리가

난다는 건 누군가가 윙윙 소리를 내고 있다는 걸 거야. 저렇게 윙윙 소리를 내는 건 내가 알기론 벌밖에 없어."

위니 더 푸는 한참을 더 생각한 뒤에 또 이렇게 말했어.

"이 세상에 벌이 있는 것은 바로 꿀을 만들기 위해서야."

푸는 자리에서 벌떡 일어섰단다.

"벌이 꿀을 만드는 이유는 단 하나, 나더러 그 꿀을 먹으라는 거 아니겠어?"

그러더니 위니 더 푸는 나무를 타고 오르기 시작했단다.
푸는 오르고, 또 오르고, 또 오르고, 또 올라갔어.
그렇게 올라가면서 노래도 흥얼거렸어.
무슨 노래인지 아니? 이런 노래야.

정말 재미있지 않아?
곰이 꿀을 좋아하다니!
윙! 윙! 윙!
벌은 왜 그런 걸까?

푸는 좀 더 높이…… 조금 더 높이…… 그리고 거기에서 조금 더
높은 곳으로 올라갔어. 그러는 동안 또 새로운 노래가 떠오른 거야.

정말 재미있는 생각이지만, 곰이 벌이라면,
나무 밑동에 집을 지었을 거야.
왜냐고? 그랬더라면,
이렇게 나무 위를 힘들게 올라가지 않아도 될 테니까.

그때쯤엔 푸도 좀 지쳤는지 투덜대는 노래를 부른 거지.
아, 그러다 보니 이제 거의 다 올라왔네! 저 나뭇가지에 올라서기만
하면…….
그러던 찰나…….

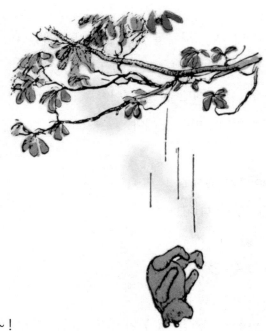

우지직 ~ !

"으악, 살려 줘!"

푸는 3미터 아래에 있는 나뭇가지로 떨어지면서 외쳤어.

"올라오지 말걸……."

그리고 그 가지에서 튕겨 나와 다시 6미터 아래에 있는 나뭇가지로 곤두박질치고 말았어.

"있잖아, 내가 하려고 했던 건……."

거꾸로 뒤집힌 푸는 다시 9미터 아래에 있는 나뭇가지로 떨어지면서도 나무에 올라간 자신의 행동을 변명했어.

"내가 하려고 했던 건……."

푸는 눈 깜짝할 사이에 나뭇가지 여섯 개를 스치며 더 미끄러져 내려왔어.

"물론, 아까 그건 너무……."

푸는 마지막 나뭇가지와 작별 인사를 한 다음 세 바퀴를 빙글빙글 돌더니, 그 밑에 있던 가시덤불 속으로 푹 내려앉으면서 결론을 내렸지.

"이게 다 내가 꿀을 너무 좋아해서 생긴 일이야. 그런데 이게 무슨 꼴이람! 아, 누가 좀 도와줘!"

푸는 가시덤불 속에서 엉금엉금 기어 나와 코에 박힌 가시들을 탈탈 털어내고는, 다시 생각하기 시작했단다. 그때 가장 먼저 머리에 떠오른 사람은 바로 크리스토퍼 로빈이었어.

("저였다고요?"

크리스토퍼 로빈이 믿기지 않는다는 듯이 놀란 목소리로 물었다.

"응, 바로 너였어."

크리스토퍼 로빈은 더 이상 아무 말도 하지 않았지만, 눈이 동그랗게 커지면서 볼이 발갛게 상기되었다.)

그래서 위니 더 푸는 친구인 크리스토퍼 로빈을 찾아갔지. 크리스토퍼
로빈은 숲의 맞은편에 있는 초록색 대문 집에서 살고 있었어.

"안녕, 크리스토퍼 로빈!"

"안녕, 위니 더 푸!"

"너 혹시 풍선 같은 것 갖고 있니?"

"풍선?"

"응, 이리로 오면서 '크리스토퍼 로빈한테 풍선 같은 게 있지 않을까?' 하고 계속 중얼거렸거든. 풍선 생각을 하다 보니 궁금해져서 혼잣

말을 한 거야."

"풍선으로 뭘 하려고?"

네가 물어보았어.

그러자 푸는 혹시 누가 엿듣고 있지 않나 싶어 주위를 두리번거리다가 양 앞발을 입에 대더니, 비밀이라도 되는 양 속삭이듯 작은 목소리로 말했어.

"꿀을 따려고!"

"풍선으로 꿀을 딴다고?"

"응, 나는 딸 수 있어."

그런데 마침 너한테는 바로 그 전날 친구 피글렛네 집에서 열린 파티에 놀러 갔다가 가져온 풍선 두 개가 있었던 거야. 하나는 원래 네가 가지고 갔던 커다란 초록 풍선이었고, 또 하나는 커다랗고 파란 풍선인데 래빗의 친척 꼬마가 가져왔다가 놓고 간 거였어. 래빗의 친척 꼬마는

파티에 참석하기에는 정말이지 너무 어렸는데, 어찌어찌 들고 왔던 풍선을 그만 놓고 간 거지. 그래서 네가 초록 풍선과 파란 풍선을 둘 다 가지고 집에 왔던 거야.

네가 푸한테 물었어.

"둘 중에 어떤 풍선이 마음에 들어?"

푸는 앞발로 머리를 감싸고 신중하게 생각하는 것 같았어.

"음……, 풍선을 가지고 꿀을 딸 때 가장 중요한 건 벌들이 알아채지 못하게 하는 거야. 초록 풍선을 가지고 있으면 벌은 나를 나뭇잎이라고 여겨 알아채지 못할 거고, 파란 풍선을 가지고 있으면 벌은 나를 하늘이라고 여겨 알아채지 못할 거야. 둘 중에 어느 쪽이 더 감쪽같을까?"

"하지만 네가 풍선에 매달려 있으면 벌들이 너를 알아채지 않을까?"

"그럴 수도 있고, 아닐 수도 있지. 벌들이 어떤 반응을 보일지는 종잡기가 힘드니까."

푸는 잠시 더 생각해 보더니 이렇게 말했어.

"난 조그마한 먹구름처럼 꾸며 볼래. 그렇게 하면 벌을 속일 수 있을 거야."

"그렇다면 파란 풍선을 가져가는 게 좋겠다."

네가 한 말을 듣고 파란 풍선으로 정했단다.

그래서 너희 둘은 파란 풍선을 들고 밖으로 나갔어. 혹시 무슨 일이 생길 수도 있으니까 너는 언제나처럼 총을 챙겼고, 위니 더 푸는 알고 있던 진흙탕으로 가서 온몸이 새까맣게 될 때까지 뒹굴고 또 뒹굴었지.

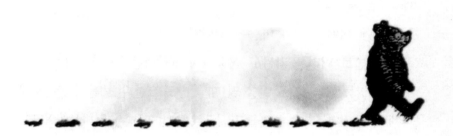

그런 다음에 나무 밑으로 가서 풍선을 커질 수 있을 만큼 최대한 크게 불었어. 그리고 너하고 푸, 둘이서 풍선에 매단 줄을 꼭 붙잡고 있다가 네가 갑자기 줄을 놓았고, 그 순간 곰돌이 푸가 하늘로 두둥실 떠오른 거야. 그러다가 나무 꼭대기쯤에서 멈추었는데, 나무 옆으로 6미터 정도 떨어진 곳이었단다.

그러자 네가 소리쳤지.

"만세!"

위니 더 푸는 아래에 있는 너한테 큰 소리로 물었어.

"너무 멋지지 않아? 내가 뭐 같아 보여?"

"너? 풍선에 매달려 있는 곰같이 보이는데!"

그 말에 푸가 화를 내듯이 짜증스럽게 말했어.

"뭐라고? 파란 하늘에 떠 있는 작은 먹구름 같아 보이지 않아?"

"별로 그렇지 않은데."

"아, 그래? 그래도 이 위에서 보면 다르게 보일지도 몰라. 그리고 내가 말했다시피 벌들은 종잡기가 힘드니까."

그런데 그날따라 바람이 한 점도 불지 않아서, 위니 더 푸는 더 이상 나무 가까이 다가가지 못하고 그 자리에 가만히 떠 있었어. 꿀이 바로 눈앞에 있고, 또 향긋한 냄새도 코를 찔러 왔지만, 좀처럼 꿀에 닿을 수가 없었던 거야.

잠시 후에 위니 더 푸가 밑에 있던 너를 큰 소리로 불렀어.

"크리스토퍼 로빈!"

"왜?"

"벌들이 뭔가를 알아챈 것 같아!"

"뭘?"

"나도 잘 모르겠어. 하지만 뭔가를 알아챈 게 분명해 보여."

"네가 자기들 꿀을 노린다는 걸 안 거야?"

"그럴지도 몰라. 벌들은 종잡기가 힘드니까."

한동안 둘 다 아무 말도 하지 않다가, 위니 더 푸가 다시 소리쳤어.

"크리스토퍼 로빈!"

"왜?"

"집에 우산 있니?"

"있을걸."

"그러면 우산을 가져올 수 있지? 네가 우산을 갖고 와서, 그걸 들고 왔다 갔다 하다가 가끔씩 나를 올려다보며 '쯧쯧, 비가 올 것 같네.'라고 말하는 거야. 그러면 벌들도 우리 작전에 속아 넘어가지 않을까?"

너는 그 말을 듣고 속으로 비웃었겠지?

'이런 미련한 곰탱이 같으니라고!'

하지만 넌 위니 더 푸를 너무 좋아해서인지, 소리 내서 말하지는 않더구나. 너는 그냥 우산을 가지러 집으로 갔지.

네가 집에서 돌아오자마자 위니 더 푸가 반가운 듯 소리쳤어.

"아, 왔구나! 걱정하고 있었는데……. 벌들이 이제 정말로 의심하기 시작한 것 같았거든."

"우산을 펼까?"

"응, 하지만 잠깐만 기다려 봐. 괜히 허튼짓했다가는 큰일 나니까. 우리가 반드시 속여야 하는 벌은 여왕벌이야. 혹시 어떤 벌이 여왕벌인지 그 밑에서 보여?"

"아니, 보이지 않는데."

"저런! 할 수 없지, 뭐. 그러면 네가 우산을 들고 왔다 갔다 하면서 '쯧쯧, 비가 올 것 같네.'라고 말해 줘. 나는 내가 할 수 있는 짧은 '구름 노래'를 부를게. 진짜 구름이 부를 만한 거야. 자, 시작!"

그래서 너는 우산을 들고 왔다 갔다 하면서 비가 올지 안 올지 모르겠다고 중얼거렸고, 위니 더 푸는 이런 노래를 불렀단다.

파란 하늘에 떠다니는
구름이 되다니, 너무나 멋져!
조그만 구름들은 쉴 새 없이
큰 소리로 노래를 하지.

파란 하늘을 떠다니는
구름이 되다니, 너무나 멋져!
두둥실~ 구름이 된다는 건
정말 자랑스러운 일이야.

벌들은 뭔가 의심스럽다는 듯 여느 때보다 시끄럽게 윙윙거렸어. 조그만 구름이 이제 막 노래 2절을 부르려고 할 때쯤 몇 마리 벌이 벌집을 빠져나와 빙빙 돌기도 했지. 그중 한 마리는 구름의 코 위에 잠깐 앉았다가 날아가기도 했단다.

"크리스토퍼…… 아야! …… 로빈."

구름이 소리를 질렀어.

"응?"

"내가 잠시 생각해 본 끝에 매우 중요한 결론을 내렸어. 아무래도 이 벌들은 이상한 벌들 같아."

"그래? 저 벌들이?"

"그래, 내가 생각했던 벌들이랑 아주 다르거든. 얘네들은 내가 찾는 꿀을 만들지 않는 게 분명해. 넌 어떻게 생각해?"

"꿀도?"

"응. 그래서 말인데, 난 내려가야겠어."

"어떻게?"

네가 물었지.

위니 더 푸는 그건 전혀 생각해 보지 않았던 거야. 만약 여기서 풍선 줄을 놓으면 아까처럼 '쿵' 하고 떨어질 테니, 그런 방법은 생각하기도 싫었겠지. 그래서인지 푸는 한참을 곰곰이 생각한 끝에 말했어.

"크리스토퍼 로빈, 네가 총으로 풍선을 터뜨려 줘. 너, 총은 가지고 왔어?"

"물론 가지고 오기야 했지. 하지만 총을 쏘면 풍선이 망가질 텐데."

"그렇지만 네가 총을 쏘지 않으면 난 풍선을 놓아야 하고, 그러면 내가 망가져 버린단 말이야."

너는 그제야 푸의 말이 무슨 뜻인지 알아챘어. 그래서 더는 묻지 않고 조심스레 풍선을 겨냥한 다음 '빵!' 하고 총을 쏘았단다.

"아악!"

푸가 소리를 질렀어.

"빗나갔어?"

"완전히 빗나간 건 아냐. 하지만 풍선은 못 맞췄어."

"아, 정말 미안해."

너는 그렇게 말하고 나서 다시 총을 쏘았고, 이번에는 풍선을 정확히

맞췄지. 풍선에서 바람이 천천히 빠져나오자, 위니 더 푸는 무사히 땅으로 내려올 수 있었어.

하지만 위니 더 푸는 하늘에 떠 있으면서 내내 풍선 줄을 잡고 있었기 때문에 팔이 뻣뻣하게 굳어 버렸단다. 일주일도 넘게 팔이 밑으로 내려오지 않아서, 파리가 코 위에 앉으려고 하면 '푸, 푸' 하고 입으로 불어 쫓을 수밖에 없었지. 그리고 확실한 건 아니지만, 이런 이유로 이 곰을 푸라고 부르는 것 같아. 물론 이건 내 생각일 뿐이야.

"이걸로 이야기가 끝나는 건가요?"

크리스토퍼 로빈이 물었다.

"이번 이야기는 끝났어. 물론 다른 이야기들이 남아 있지만."

"푸랑 내 얘기예요?"

"그래, 피글렛이랑 래빗이랑 너희들 모두가 나오는 얘기야. 벌써 잊어버린 거니?"

"아니에요, 어렴풋이 기억나요. 그런데 막상 떠올리려고 하면 생각이 잘 안 나기도 해요……."

"푸하고 피글렛이 헤파럼프를 잡으려고 했던 그날도 생각이 안 나는 거야……?"

"그런데 못 잡았잖아요. 그렇죠?"

"그래."

"푸는 잡을 수가 없어요. 머리가 진짜 나쁘잖아요. 난 헤파럼프를 잡았나요?"

"글쎄, 얘기를 들어 보면 알겠지."

크리스토퍼 로빈이 조용히 고개를 끄덕였다.

"사실 난 다 기억나요. 푸가 기억을 잘 못해서 그렇죠. 그래서 푸는 그 얘기를 다시 듣고 싶대요. 그래야 그냥 기억나는 이야기가 아니라 진짜 얘기가 되는 거잖아요."

"나도 그렇게 생각한단다."

크리스토퍼 로빈은 한숨을 푹 내쉬더니, 곰의 한쪽 다리를 붙잡고 질질 끌면서 문 쪽으로 걸어갔다.

"제가 목욕하는 거 보러 오실 거죠?"

크리스토퍼 로빈이 문 앞에서 돌아보며 물었다.

"그럴까?"

"그런데 내가 총을 쏴서 위니 더 푸가 다친 거 아니죠, 그렇죠?"

"응, 안 다쳤어."

크리스토퍼 로빈이 고개를 끄덕이며 방을 나갔다. 그리고 조금 있다가 위니 더 푸가 크리스토퍼 로빈 뒤에서 소리를 내며 층계를 올라가는 소리가 들렸다.

'쿵, 쿵, 쿵'.

2
래빗네 집에서 몸이 끼인 푸

친구들한테 위니 더 푸, 또는 줄여서 푸라고 알려진 에드워드 베어가 어느 날 뿌듯한 듯 콧노래를 흥얼거리면서 숲속을 거닐고 있었어. 바로 그날 아침에 거울 앞에서 푸가 건강 체조를 하며 만든 노래였지. 한껏 팔을 뻗어 올리면서 '트랄 랄 라, 트랄 랄 라', 그다음에는 손끝을 발가 락에 닿게 하려고 애쓰면서 '트랄 랄 라, 트랄…… 아야! 도와줘!…… 랄 라' 하는 식이었어. 아침을 먹고 나서도 쉬지 않고 계속해서 부르다 보니 어느새 그 노래를 완벽하게 외울 수 있게 되었지. 이 노래야.

트랄 랄 라, 트랄 랄 라,

트랄 랄 라, 트랄 랄 라,

룸 툼 티들 움 툼.

티들 이들, 티들 이들,

티들 이들, 티들 이들,

룸 툼 툼 티들 움.

신바람이 난 푸는 이렇게 콧노래를 흥얼거리며 가벼운 발걸음으로 산길을 따라 걸었어. 머릿속으로는 '딴 친구들은 뭘 하고 있을까?', '내가 다른 친구가 된다면 기분이 어떨까?' 하는 생각 등을 하면서 말이야. 그렇게 걷고 있는데 눈앞에 불쑥 모래 언덕이 나타났어. 가운데에 커다란 구멍이 뚫려 있는 모래 언덕이었지.

"아하!"

푸가 외쳤어.

'룸 툼 티들 움 툼.'이라고 여전히 흥얼거리면서.

"내 생각이 맞는다면, 구멍이 있다는 건 저 안에 래빗이 있다는 뜻이지. 그리고 래빗은 내 친구야. 친구는 서로 먹을 것을 나눠 먹고, 노래를 들려주고 할 수도 있는 것 아니겠어? 룸 툼 툼 티들 움."

푸는 몸을 굽혀서 머리를 구멍 속에 들이밀고 소리쳤어.

"안에 누구 없어요?"

그 순간 안에서 후닥닥하는 소리가 나더니 이내 잠잠해졌단다.

"내가 '안에 누구 없어요?'라고 물었거든요?"

푸가 무지무지하게 큰 소리로 외쳤어.

"없어요!"

안에서 어떤 목소리가 들렸어. 그러더니 이런 말도 했어.

"그렇게 빽빽 소리 지를 필요는 없어요. 처음부터 아주 잘 들렸으니까요."

"젠장! 거기에 아무도 없단 말인가요?"

푸가 실망스럽다는 투로 다시 물었지.

"그렇다고요!"

위니 더 푸는 구멍에서 머리를 빼내고 잠깐 생각에 잠겼단다.

"저 안에 아무도 없다는 건 말이 안 돼. 아까 안에서 '없어요!'라고 말한 건 대체 누군데?"

푸는 다시 머리를 구멍 속으로 집어넣고 물었어.

"거기, 래빗 너 아니니?"

"아닌데."

래빗이 이번에는 좀 전과 다른 목소리로 바꿔서 대답했어.

"에이! 래빗 목소리 맞는 것 같은데?"

"아니야. 난 래빗 목소리를 내려고 한 게 아니니까."

"아, 그래?"

위니 더 푸는 구멍에서 머리를 빼내더니 한 번 더 생각에 잠겼어. 그러다가 잠시 후에 또다시 머리를 구멍 속에 들이밀었지.

"그러면 래빗이 어디 있는지 말해 줄 수 없나요?"

"래빗이라구요? 래빗은 친구인 푸를 만나러 갔어요. 둘이 아주 친하거든요."

"어? 그럼 난데!"

푸가 화들짝 놀라 외쳤어.

"나라고? 네가 누군데?"

"나, 푸야!"

"정말?"

래빗은 더 깜짝 놀라서 물었어.

"정말이지. 정말 내가 맞아!"

"아, 그렇구나! 그렇다면 어서 들어와."

푸는 낑낑대며 구멍 속으로 몸을 쑤셔 넣고, 쑤셔 넣고, 또 쑤셔 넣어서 마침내 안으로 들어갔단다.

래빗은 푸를 위아래로 찬찬히 훑어보며 말했어.

"정말 너구나. 네 말이 맞았네. 푸, 잘 왔어."

"그런데 너는 내가 누구라고 생각했던 거야?"

"글쎄, 확실히는 모르겠어. 하지만 숲이 어떤 곳인지는 너도 잘 알잖아. 누군지도 모르고 집에 아무나 들여서는 안 된다고! 늘 '조심'해야지. 뭔가 좀 먹을래?"

안 그래도 푸는 언제나 아침 열한 시쯤에는 '뭔가 좀' 먹기를 좋아했어. 그런데 래빗이 접시와 머그컵을 꺼내는 것을 보고는 뛸듯이 기뻐했지.

"빵에 뭘 찍어 먹을래? 연유? 꿀?"

래빗이 물었어.

푸는 먹을 생각에 너무나 들뜬 나머지 조금도 망설이지 않고 "둘 다."라고 대답했다가, 왠지 자기가 너무 욕심부리는 것처럼 보일까 봐 얼른 이렇게 덧붙여 말했어.

"굳이 빵은 주지 않아도 괜찮아."

한동안 푸는 먹는 데 정신이 팔려서 아무 말도 하지 않았어.

시간이 한참 지난 후에 푸는 찐득찐득한 목소리로 콧노래를 흥얼거리면서 자리에서 일어났어. 그리고 래빗의 앞발을 다정하게 잡으며 악수를 하고는 그만 가 봐야겠다고 말했단다.

"벌써 가려고?"

래빗이 예의를 차리며 물었어.

"글쎄, 나는 사실 좀 더 있을 수도 있지만……. 저기…… 만약에 네가…….."

푸는 그렇게 말하면서 래빗의 식품 창고 쪽을 빤히 쳐다보았지.

"사실 나도 막 나가려고 하던 참이었어."

래빗이 말했어.

"아, 그래? 그럼 나도 이만 갈게. 잘 있어."

"그래, 잘 가. 혹시 더 먹고 싶은 게 있다면 모르지만."

"먹을 게 더 있어?"

래빗의 말이 끝나기가 무섭게 푸가 잽싸게 물었어.

그 말에 래빗이 접시를 덮어 둔 뚜껑을 들춰 보고는 말했지.

"아니, 없네."

푸가 고개를 끄덕이며 돌아서서 말했어.

"나도 그럴 줄 알았어. 잘 있어. 나는 간다!"

그래서 푸는 구멍 밖으로 기어 나가기 시작했지. 앞발로는 당기고, 뒷발로는 밀고 하면서. 조금 있다가 푸의 코가 다시 밖으로 나왔고…… 그다음에는 귀가…… 다음에는 앞발이…… 그다음에는 어깨가 나왔어. 다음에는……. 그런데 이를 어째!

"으악, 도와줘! 아무래도 다시 들어가는 게 낫겠어."

푸가 외쳤어.

"아, 젠장! 그것도 안 되네. 그냥 앞으로 나가야겠어."

푸가 다시 소릴 질렀어.

"아, 이것도 안 되는데! 이러지도 저러지도 못하겠어. 제발 도와줘!"

꼼짝달싹 못 하게 된 푸가 또다시 소리쳤어.

그런데 이때쯤 래빗도 산책을 하러 나가려고 했는데, 앞문이 꽉 막혀 있는 거야. 래빗은 할 수 없이 뒷문으로 나온 뒤 빙 돌아서 앞문 쪽으로 가서 푸를 빤히 쳐다보았지.

"어머! 푸, 거기에 끼인 거야?"

래빗이 물었어.

"아, 아… 아냐……. 그냥 좀 쉬면서 생각도 하고 노래도 부르는 중이야."

푸가 심드렁하게 대답했지.

"자, 발을 하나 내밀어 봐!"

래빗이 말했어.

푸가 한쪽 발을 내밀자 래빗이 발을 붙잡고 잡아당기고, 잡아당기고, 더 세게 잡아당겼어…….

"아야! 아, 아파!"

푸가 울먹이며 소릴 질렀어.

"그거 봐! 너, 거기 끼인 거 맞잖아."

래빗이 말했지.

"이게 다 입구가 너무나 좁아서 그런 거잖아!"

푸가 화난 목소리로 대꾸했어.

"이게 다 네가 너무 많이 먹어서 그런 거야!"

래빗은 딱 잘라서 받아쳤지.

"안 그래도 아까 너무 많이 먹는 것 같더라니! 먹는 거 갖고 뭐라 하기 그래서 아무 말도 안 했지만, 우리 둘 중 하나가 너무 많이 먹긴 했지. 그런데 그 하나가 난 아니거든."

래빗이 계속해서 잔소리를 했단다.

"그건 그렇고 이를 어쩌지……. 어쨌거나 가서 크리스토퍼 로빈을 불러와야겠다."

크리스토퍼 로빈은 숲 맞은편에 살고 있었어. 래빗이 크리스토퍼 로빈을 데리고 돌아왔을 때 푸는 여전히 구멍 밖으로 몸을 반쯤 내밀고 있었지.

그런 푸의 모습을 보고, 크리스토퍼 로빈은 제일 먼저 이렇게 말했단다.

"이런 미련탱이 같으니!"

말은 그렇게 했지만 크리스토퍼 로빈의 말투가 얼마나 다정한지, 자신도 모르게 마음속 깊이 느끼고 있던 모든 불안감이 말끔히 사라지는 것 같았어.

"사실은 말이야, 래빗이 나 때문에 다시는 앞문을 쓰지 못하게 될까 봐 걱정되기 시작했어. 그렇게 되면 내가 너무 미안하잖아."

푸가 코를 훌쩍이며 망설이듯 말을 꺼냈어.

"미안해할 만하지."

래빗이 톡 쏘듯 대꾸했단다.

"앞문 말이야? 당연히 앞으로도 쓸 수 있어."

크리스토퍼 로빈이 자신감 넘치는 목소리로 말했지.

"천만다행이군."

래빗이 안도한 듯한 표정으로 대답했어.

"푸! 그런데 만약에 널 밖으로 빼내지 못하게 되면, 널 다시 안으로 밀어 넣어야 할 것 같아."

크리스토퍼 로빈이 이렇게 말하자, 래빗이 갑자기 생각에 잠기는가 싶더니 턱수염을 쥐어뜯으면서 이런 말들을 늘어놓았단다.

……일단 푸를 안으로 밀어 넣고 자기도 집으로 돌아가면, 물론 푸를 만난 걸 자기보다 반가워할 친구는 아무도 없을 테지만……, 그게 그렇게 간단한 문제가 아니며……, 여전히 누구는 나무에서 살고 누구는 땅속에서 사는 법이라서…….

"그럼 나는 평생 밖으로 나올 수 없단 말이야?"

푸가 래빗의 말을 끊고 말했어.

"내 말은 그게 아니고, 그래도 이만큼이나 나왔는데 다시 밀어 넣으면 아깝지 않겠냐는 거지."

래빗의 말에 크리스토퍼 로빈도 고개를 끄덕였지.

"방법은 하나밖에 없어. 네가 날씬해질 때까지 기다리는 것!"

"날씬해지려면 얼마나 걸리는데?"

푸가 걱정스레 물었어.

"일주일 정도 걸리지 않을까 싶어."

크리스토퍼 로빈이 대답했지.

"여기서 이렇게 일주일을 버티라는 거야?"

"괜찮아, 이 미련탱이야. 일주일을 버티는 게 뭐 그렇게 대수라고? 그보다는 너를 지금 빼내는 게 훨씬 어렵다고!"

래빗은 신바람이 난 듯 계속 재잘거렸어.

"우리가 책을 읽어 줄게. 눈이 오지 않으면 좋겠다. 그렇지? 그리고 있잖아……. 네가 지금 우리 집 공간을 너무 많이 차지하고 있거든. 그래서 하는 말인데, 혹시 네 뒷다리를 수건걸이로 써도 괜찮을까? 어차피 그냥 놔둬도 다른 데 쓸 데도 없잖아. 수건걸이로 쓰면 딱 좋을 것 같은데."

"일주일이라고! 그동안 밥은 어떻게 먹어?"

푸가 침울한 목소리로 말했어.

"안됐지만 밥은 안 돼. 빨리 날씬해져야 하니까. 하지만 그동안 우리가 책을 읽어 줄게."

크리스토퍼 로빈이 미안하단 표정으로 말했어.

그 말을 듣고, 푸는 '후유' 하고 한숨을 내쉬고 싶었는데 그마저도 너무 힘든 거야. 그 정도로 몸이 꽉 끼어 있었던 거지.

"그러면 나한테 힘이 되는 그런 책을 읽어 줄래? 엄청나게 좁은 곳에 꽉 끼인 곰한테 위로도 되고 도움이 되는 책으로 말이야."

이렇게 말하는 푸의 눈에서는 급기야 눈물이 한 방울 굴러떨어졌어.

그렇게 해서 크리스토퍼 로빈은 일주일 동안 푸의 북쪽 끝에 앉아서 힘이 되는 책을 읽어 주었고, 래빗은 푸의 남쪽 끝인 집 안에서 푸의 뒷다리에 빨래를 널었지…….

그리고 그동안 푸는 자기 몸이 하루하루 조금씩 홀쭉해지는 것을 느꼈단다.

드디어 일주일째 되는 날, 크리스토퍼 로빈이 맨 앞에서 푸의 앞발을 움켜잡으며 외쳤지.

"자, 이제 때가 되었어!"

그러자 래빗이 그 뒤로 서서 크리스토퍼 로빈을 잡았어. 그리고 래빗의 친구와 친척들이 총동원되어 차례로 래빗의 뒤에서 각각 앞에 있는 친구를 잡고 섰어. 그런 다음 다 함께 힘을 합쳐 끌어당겼단다.

푸는 한참 동안 "아야!" 하는 탄성만 내질렀어.

"아야! 아야! 아야! 아야……!"

그러다가 갑자기 "펑!" 하고 소리가 나더니, 코르크 병마개가 튀어나오는 것처럼 푸가 퉁겨져 나왔어!

그 바람에 크리스토퍼 로빈과 래빗 그리고 래빗의 친구와 친척들은 모두 줄줄이 뒤로 나자빠졌고, 자유의 몸이 된 위니 더 푸가 그 위로

풀썩 떨어져 내렸지!

　그렇게 구멍에 갇혔다가 풀려난 푸는 친구들에게 고맙다고 고개를
끄덕여 보이고는 콧노래를 부르면서 으쓱거리며 숲속으로 걸어갔단다.

크리스토퍼 로빈은 푸를 사랑스럽다는 듯이 지켜보며 중얼거렸어.
"미련탱이 같으니라고!"

3
우즐을 뒤쫓은 푸와 피글렛

피글렛은 너도밤나무 밑동 안에 마련된 아주 근사한 집에 살고 있었어. 너도밤나무는 숲 한가운데에 있었는데, 피글렛은 바로 그 나무 안에서 살고 있었던 거야.

피글렛네 집 옆에는 부서진 나무판자 조각이 하나 걸려 있었어.

거기에는 '트레스패서즈 더블유(TRESPASSERS W, '불법 침입 금지(TRESPASSERS WILL BE PROSECUTED)'라는 뜻으로, W 뒤의 글자는 떨어져 나갔다. — 옮긴이)라고 적혀 있었지.

하루는 크리스토퍼 로빈이 그게 무슨 뜻이냐고 피글렛에게 물었어. 피글렛은 자기 할아버지 이름이며, 오래전부터 집안 대대로 이어져 내려왔다고 대답했지. 크리스토퍼 로빈은 그 말을 듣고 트레스패서즈 더블유(W) 같은 이름이 어디 있냐며 믿지 않았어.

그렇지만 피글렛은 이름이 맞다고 하면서, 그런 이름이 있다고 맞섰지. 자기 할아버지 이름이 그랬으니까 당연히 그럴 수 있다고 했어.
트레스패서즈 더블유(W)는 트레스패서즈 윌(Will)을 줄인 말이고, 또
그건 트레스패서즈 윌리엄(William)을 줄인 말이라나. 피글렛네 할아버
지는 이름 하나를 잃어버릴까 봐 이름 두 개를 썼대. 그중 하나인 '트레
스패서즈'는 할아버지 삼촌의 이름에서 따온 거고, 또 하나는 트레스패
서즈 뒤에다 '윌리엄'을 붙인 거라고 설명해 주었어.

"하긴, 나도 이름이 두 개이긴 해."

그 말을 듣고 있던 크리스토퍼 로빈이 무심코 말했어.

"거 봐, 그런 거라니까. 내 말이 맞잖아!"

피글렛이 외쳤어.

어느 맑은 겨울날, 피글렛이 집 앞에 쌓인 눈을 쓸어 내고 있었어. 그러다가 문득 고개를 들었는데, 눈앞에 위니 더 푸가 있는 거야. 푸는 뭔가를 골똘히 생각하며 빙글빙글 원을 그리면서 걷고 있었어. 피글렛이 부르는데도 듣지 못했는지 멈추지 않고 계속 걸어갔단다.

"야! 너 지금 뭐 해?"

"사냥."

피글렛이 묻자, 푸가 건성으로 대답했어.

"사냥? 뭐를?"

"뭔가를 뒤쫓는 중이야."

푸는 계속 알쏭달쏭하게 말했어.

"뒤쫓다니? 뭘?"

피글렛이 바짝 다가서며 물었지.

"그게 바로 내가 나한테 물었던 질문이야. 나도 너무 궁금하거든. 도대체 저게 뭘까?"

"푸, 네 생각에는 뭔 것 같은데?"

"그걸 잡아 봐야 알 수 있을 것 같아."

푸는 그렇게 말하며 앞발을 들어 앞쪽 어딘가를 가리켰어.

"자, 저기 좀 봐. 뭐가 보이지?"

"발자국. 동물의 발자국인 것 같은데."

피글렛은 그렇게 대답하고는, 갑자기 흥분해서 '꽥' 하고 소리를 질렀단다.

"세상에, 푸! 너 설마 저걸…… 우, 우, 우즐이라고 생각하는 거야?"

"그럴지도 모르잖아. 어찌 보면 그런 것도 같고, 또 어찌 보면 아닌 것도 같으니까. 하지만 발자국만 봐서는 좀처럼 정체를 알 수가 없네."

푸는 알쏭달쏭한 말만 내뱉고는 다시 발자국을 따라갔고, 피글렛은 그런 푸를 잠시 지켜보다가 곧바로 그 뒤를 좇아 뛰어갔어.

그런데 위니 더 푸가 갑자기 걸음을 멈춰 서더니, 의아한 표정으로 고개를 갸우뚱하고는 몸을 숙여 발자국을 들여다보는 거야.

"왜 그래? 무슨 일이야?"

피글렛이 물었지.

"이것 참 이상하단 말이야. 지금은 두 마리가 된 것 같아. 뭔지 모르겠지만 원래 있던 발자국이 다른 발자국하고 합쳐져서, 여기서부터 둘이 같이 걷고 있어. 피글렛, 나랑 같이 가 줄래? 혹시 사나운 동물일지도 모르니까, 대비해야 할 것 같아서."

푸의 말을 들은 피글렛은 멋쩍은 듯이 귀를 긁적이더니, 금요일까지는 특별히 할 일이 없으니 기꺼이 가 주겠다고 말했어. 그러면서 혹시라도 그게 정말로 우즐이라면 대비해야 된다고 덧붙였지.

"그러니까 너, 그 동물이 우즐 두 마리여도 함께 가겠다는 거지?"

푸가 확인하듯 재차 묻자, 피글렛은 어쨌거나 금요일까지는 특별히 할 일이 없으니까 괜찮다고 말했어. 그래서 둘은 함께 걷기 시작했지.

바로 앞에는 낙엽송이 모여 있는 작은 숲이 있었는데, 우즐 두 마리가 ―그게 정말 우즐 발자국이라면 말이야. ― 그 숲 둘레를 돌아간 듯 보였단다. 그래서 푸와 피글렛도 그 발자국을 뒤따라서 돌았지. 피글렛은 걸어가면서 할아버지 이야기를 해 주었어. 사냥을 하고 나서 뻣뻣해진 몸을 어떻게 풀었는지, 나이 들어서 숨이 가빠지는 증세로 얼마나 고생했는지, 그 밖에도 이것저것 재미있는 이야기들이었지.

푸는 그런 이야기를 듣다 보니 여러 가지 생각이 떠올랐어. 할아버지란 대체 어떤 존재인지 궁금했고, 또 혹시 지금 뒤쫓고 있는 게 두 할아버지들이 아닐까 하는 생각도 들었어. 만약 그렇다면 그중 한 할아버지를 집에 데려가서 키워도 괜찮을까, 그러면 크리스토퍼 로빈은 뭐라고 할까 등등의 생각도 했단다.

그러는 동안에도 발자국은 여전히 둘 앞으로 계속 이어지고 있었는데……. 갑자기 푸가 멈춰 서더니, 흥분한 표정으로 앞을 가리켰어.

"봐!"

"뭔데?"

피글렛이 팔짝 뛰더니 물었어. 그리고 나서 피글렛은 자기가 겁먹어서 그런 것처럼 보였을까 봐 머쓱해져서, 마치 운동이라도 하는 것처럼 한두 번 더 팔짝팔짝 뛰어 보였단다.

"근데 발자국 말이야! 한 마리가 더 늘어났어."

푸가 말했어.

"푸! 너 혹시 또 다른 우즐이 나타났다고 생각하는 거야?"

"아니, 그렇지 않아. 발자국 모양이 다르거든. 어쩌면 우즐 두 마리하고 위즐 한 마리가 만났거나, 이 세 번째 발자국이 우즐이라면 위즐 두 마리하고 우즐 한 마리가 만난 것일 수도 있어. 어쨌든 계속해서 따라가 보자."

그렇게 둘은 계속 걸어갔는데 슬슬 걱정되기 시작했어. 앞에 있는 동물 세 마리가 아주 사나운 동물일지도 모르는 거잖아. 피글렛은 마음속으로 할아버지가 지금 자신과 함께 있다면 얼마나 좋을까 하고 간절히 바랐어. 푸는 푸대로, 크리스토퍼 로빈이 지금 여기에 '짠~' 하고 우연히 나타난다면 얼마나 좋을까 하고 생각하고 있었어. 자기는 단지 크리스토퍼 로빈을 그만큼 좋아하기 때문에 그런 생각을 하는 거라고 말하면서 말이야.

그런데 그런 생각을 하던 위니 더 푸가 또다시 갑자기 걸음을 멈춰 섰어. 그러더니 놀란 마음을 가라앉히려는 듯 코끝을 혓바닥으로 핥았지. 푸는 지금까지 살면서 이렇게 속이 타고 긴장해 본 적이 없었던 거야. 그도 그럴 것이 그 앞에 있는 발자국이 네 마리로 늘어났거든!

"피그렛, 너도 보이지? 이 발자국들 좀 봐! 셋이 우즐이라고 하면, 다른 하나는, 말하자면 위즐이야. 그러니까 우즐이 한 마리 더 늘어난 거야!"

정말 그런 것 같았어. 발자국들은 어디에선 서로 엇갈리기도 하고 또 다른 데선 서로 겹쳐져 있었는데, 발자국 네 쌍이 지나간 흔적은 곳곳에 또렷이 남아 있었거든.

"나 있잖아……."

피그렛이 말을 꺼내면서, 푸가 했던 것처럼 코끝을 핥아 보기도 했어. 하지만 그렇게 해도 좀처럼 마음이 진정되거나 하지 않았단다.

"나 방금 뭔가가 기억났어. 지금 막 생각이 났는데, 어제 깜빡 잊고 하지 못한 일이 있었어. 그게 절대로 내일은 할 수 없는 일이거든. 그래서 말인데, 생각난 김에 지금이라도 집에 가서 해야 할 것 같아."

"오늘 오후에 하면 돼. 내가 이따가 너랑 같이 가 줄게."

푸가 말하자, 피글렛이 잽싸게 둘러댔어.

"그건 오후에 할 수 있는 그런 일이 아니야. 그건 꼭 오전에만 할 수 있어……. 그러니까 그게 몇 시쯤 해야 하는 일이냐면…… 푸, 혹시 지금 몇 시쯤 됐는지 알아?"

위니 더 푸는 해를 쳐다보고 대답했어.

"열두 시쯤."

"그러니까 내가 말하려고 했던 것처럼 열두 시와 열두 시 오 분 사이에 해야 돼. 그래서 말인데, 정말이지 너만 괜찮다면 그만 가 봐도…… 앗, 그런데 저게 뭐지?"

푸는 하늘을 올려다보았어. 그때 어디선가 휘파람 소리가 들려오는 거야. 그 소리를 듣고 커다란 너도밤나무의 가지를 쳐다보니, 글쎄 거기에 푸의 친구가 앉아 있지 뭐니!

"크리스토퍼 로빈이다!"

푸가 반가운 목소리로 외쳤어.

"아, 그럼 내가 가도 괜찮겠다. 크리스토퍼 로빈하고 같이 있으면 아무 일 없을 테니까. 난 갈게."

피글렛은 그렇게 말하며 자기가 낼 수 있는 가장 빠른 속도로 집을 향해 달려갔어. 가까스로 위험에서 벗어났다고 생각하며 안도의 한숨까지 내쉬면서 말이지.

푸를 본 크리스토퍼 로빈이 천천히 나무에서 내려왔어.

"푸, 너 뭘 하고 있었던 거야? 처음엔 숲 주변을 혼자서 두 바퀴 돌더니, 그다음에는 피글렛이 따라와서 둘이 같이 한 바퀴 돌고, 그러고 나서 방금 또 네 바퀴째 돌려고 하던데…….."

"잠깐만!"

위니 더 푸는 얼른 앞발을 들어 올리며 크리스토퍼 로빈의 말을 막 았어.

그러고는 바닥에 주저앉아서, 곰곰이 생각하기 시작했지. 푸가 뭔가를 그렇게 깊이 생각해 본 건 아마 그때가 처음이었을 거야. 그러다가 푸는 발자국 하나에다 자기 앞발을 맞춰 보더니…… 코를 긁적거리면서 쭈뼛 쭈뼛 일어섰어.

"그런 거였어. 이제야 알겠군."

위니 더 푸가 말했지.

"이런! 난 정말 멍청이인가 봐. 깜빡 속았지 뭐야. 난 역시 머리가 진짜 나쁜 곰인가 봐."

푸가 또다시 말했어.

"넌 세상에서 제일 멋진 곰이야."

크리스토퍼 로빈이 달래주듯 부드러운 목소리로 말했단다.

"정말?"

푸가 언제 그랬냐는 듯 금세 기분이 좋아져서 물었어. 푸의 얼굴이 곧바로 환해졌거든.

"그건 그렇고, 벌써 점심시간이 다 됐네."

푸는 아무 일도 없었다는 듯 천연덕스러운 표정을 하고는 밥을 먹으러 집으로 갔단다.

4
이요르의 잃어버린 꼬리를 찾아 준 푸

　나이를 지긋이 먹은 회색 당나귀 이요르가 엉겅퀴가 무성한 숲 한구석
에 혼자 서 있었어. 앞발을 널찍이 벌리고 고개를 갸우뚱한 채 뭔가를
골똘히 생각하는 듯했지.

이요르는 우울한 표정으로 어떤 때는 '왜?' 하고 생각했다가, 또 어떤 때는 '무엇 때문에?' 하고 생각했어. 그러다가 또다시 '무슨 까닭으로?' 하고도 생각했는데, 그러다 보면 자기가 무슨 생각을 하는 건지도 잊은 채 모든 것이 까마득하게만 느껴지기도 했단다.

그래서 위니 더 푸가 저만치에서 터벅터벅 걸어오는 것을 보았을 때 이요르는 뛸듯이 반가웠지. 푸에게 인사를 하는 동안 잠시나마 생각을 멈출 수 있을 테니까.

"푸, 잘 지냈어?"

이요르가 가라앉은 말투로 인사를 건넸어.

"응, 너도 잘 지내지?"

위니 더 푸도 인사를 했어.

"별로야, 난 잘 지내는 게 뭔지 한참을 잊고 지낸 것 같아."

이요르가 고개를 가로저으며 대답했지.

"저런, 저런! 안됐구나. 어디 한번 보자."

이요르는 선 채로 침울하게 땅바닥만 내려다보았고, 푸는 주변을 한 바퀴 빙 돌면서 이요르를 샅샅이 훑어보았어.

"아니, 네 꼬리가 왜 이래?"

"왜? 내 꼬리가 어떤데?"

푸가 깜짝 놀라며 묻자, 이요르가 되물었어.

"꼬리가 없어!"

"정말이야?"

"응, 정말이야. 그러니까 꼬리라는 게 원래 달려 있던 자리에 있거나 아니면 없는 거잖아. 이건 헷갈릴 수가 없는데, 넌 지금 그 자리에 확실히 꼬리가 없어!"

"그럼 뭐가 있어?"

"아무것도 없어."

"어디 한번 봐 봐."

이요르는 얼마 전까지만 해도 꼬리가 있었던 자리를 향해 느릿느릿 고개를 돌렸어. 하지만 고개가 채 닿지 않아 엉덩이를 볼 수 없다는 걸 깨닫고서 반대편으로 돌렸는데, 결국 원래대로 돌아오고 만 거지.

그러자 이요르는 이번에는 고개를 푹 숙여 다리 사이로 집어넣고서 꼬리가 있던 자리를 들여다보았어. 그러다가 구슬프게 한숨을 푹 내쉬며 말했어.

"푸, 네 말이 맞는 것 같구나."

"그래, 그렇다니까."

"어쩐지, 이제야 말이 되네."

울상이 된 이요르가 거듭 말했지.

"다 알 것 같아. 놀랄 일도 아니야."

"어디 딴 데다 두고 온 게 분명해."

푸가 말했어.

"틀림없이 누군가가 가져갔을 거야."

이요르는 이렇게 말한 다음 한참 동안 묵묵히 있다가 힘없는 목소리로 덧붙여 말했어.

"정말이지 어떻게 그럴 수가……."

푸는 뭔가 도움이 되는 말을 해야겠다고 생각했지만 뭐라고 말해야 할지 좀처럼 떠오르지 않았어. 그래서 대신에 고개를 끄덕이며, 뭔가 도움이 되는 일을 해야겠다고 결심했단다.

"이요르, 나 위니 더 푸가 네 꼬리를 찾아 줄게."

위니 더 푸가 엄숙하게 말했지.

"고마워, 푸. 너야말로 진정한 친구야. 딴 녀석들과는 달라."

그래서 위니 더 푸는 이요르의 꼬리를 찾으러 길을 나섰지.

푸가 길을 나섰을 때 숲은 화창한 봄날 아침이었어. 작고 보드라운 뭉게구름들은 해를 골려 주려는 듯이 가끔씩 해를 막아섰다가 다른 구름한테 차례를 넘기기라도 하듯 후닥닥 비켜나기도 하면서, 파란 하늘에서 즐겁게 놀고 있었지. 하지만 해는 구름이 막아설 때나 비켜 들 때나 가리지 않고 틈틈이 숲을 환하게 비추어 주었어. 그 봄빛을 받고 밖으로 나온 너도밤나무들의 연둣빛 새 옷이 얼마나 화사하고 눈부신지, 그 옆에 있는 잡목숲의 전나무가 일 년 내내 입고 있던 진녹색 옷이 더없이 칙칙하고 볼품없게 보일 정도였단다.

푸는 잡목숲과 솔밭을 지나 씩씩하게 걸어갔어. 가시덤불과 야생화가 만발한 널따란 비탈을 내려간 다음, 울퉁불퉁한 돌들이 깔린 시내를 건너고, 가파른 언덕을 올라가 다시 야생화가 가득한 들판에 다다랐지. 그리고 마침내 푸는 배도 고프고 지친 상태로 100에이커(acre, 약자는 ac, 100에이커는 약 404,686m²로 일반적인 축구장(105m×68m)의 약 57배 크기) 숲에 도착했어. 이 숲에 아울(owl, 올빼미)이 살고 있었거든.

"누가 뭔가에 대해 조금이라도 알고 있는 누군가를 찾는다면 아울을 빼놓을 수가 없지. 내 말이 틀렸다면, 내 이름이 위니 더 푸가 아니라고 해도 좋아."

푸가 혼잣말로 중얼거렸어.

"하지만 내 이름은 위니 더 푸가 틀림없으니까 내 말이 맞을 수밖에! 자, 다 왔다."

푸가 바로 덧붙여 말했어.

아울은 체스넛(a chestnut tree, 밤나무) 저택이라고 불리는 운치 있고 고풍스러운 집에서 살고 있었는데, 푸의 눈에는 그 집이 다른 누구네 집보다도 웅장해 보였어. 왜냐고? 그 저택 대문에는 노커(knocker, 현관문에 달린 문 두드리는 고리쇠)와 설렁줄(bell pull, 방울이나 종을 당기는 줄)이 둘 다 달려 있었거든. 노커 밑에는 이런 안내문이 붙어 있었지.

대다비 피료하면 초인종을 울리새요.

설렁줄 밑에는 이런 안내문이 붙어 있었고.

대다비 피료업스면 녹끄를 하새요.

이 안내문들은 이 숲 전체를 통틀어서 유일하게 글씨를 쓸 수 있는 크리스토퍼 로빈이 쓴 거야. 아울은 다른 방면에서는 그 누구에게도 지지 않을 만큼 아는 것이 많았지만, 글쓰기만은 자기 이름을 '우알(WOL)'이라고 쓸 수 있는 정도에 그쳤어. '홍역(measles)'이나 '버터를 바른 토스트(buttered toast)'같이 복잡하거나 긴 글자를 쓰라고 하면 갈팡질팡하여 완전히 뒤죽박죽으로 만들어 놓기 일쑤였지.

위니 더 푸는 안내문 두 개를 주의를 기울여 차근차근 읽었어. 처음에는 왼쪽에서 오른쪽으로 읽었고, 다음에는 혹시 빼먹고 읽지 않은 말이 있나 해서 오른쪽에서 왼쪽으로 한 번 더 읽었어. 그런 다음에는 뭐든 확실히 하는 것이 좋으니까 먼저 노커로 두드리고 나서 설렁줄을 잡아당겼다가, 이어서 설렁줄을 잡아당기고 나서 노커로 두드렸단다.

그러고 나서는 아주 큰 소리로 외쳤어.

"아울! 도움이 필요해. 나 푸야!"

그러자 문이 열리고, 아울이 밖을 내다보았지.

"안녕, 푸, 어떻게 지내?"

"사실은 괴롭고 매우 슬퍼. 왜냐하면 이요르가, 내 친구 이요르가 꼬리를 잃어버렸거든. 그래서 이요르가 무척 우울해하고 있어. 그래서 말인데, 너라면 꼬리를 찾을 수 있는 방법을 알 것 같아서 왔어."

"그래, 음……. 이런 경우에 취해야 할 통상적인 절차가 있는데 ……."

아울이 유식한 말로 답했지.

"'동사적인 전차'? 그게 무슨 말이야? 나같이 머리가 안 좋은 곰은 긴말을 들으면 머리가 아프거든."

푸가 공손한 말투로 물었어.

"그 말은 '해야 할 일'이라는 뜻이야."

"아, 그런 뜻이라면 이제 나도 알 것 같아."

푸가 공손하게 말하자, 아울이 다시 설명을 시작했어.

"이럴 때 해야 할 일은 다음과 같아. 첫째, 현상금을 공시한다. 그런 다음에……."

"잠깐만!"

푸는 앞발을 들어 올리며, 아울의 말을 막았어.

"이럴 때 해야 할 일은…… 뭐라고 했어? 다시 말해 줘. 네가 재채기를 하는 바람에 못 들었어."(아울은 '공시하다'는 뜻의 영어 '이슈(issue)'를 말했는데, 푸는 이 말을 '에취' 하는 재채기 소리로 잘못 알아들었다. ― 옮긴이)

"난 재채기를 하지 않았는데?"

"아냐, 했어."

"푸, 미안하지만 난 하지 않았어. 재채기를 했다면 내가 어떻게 모를 수가 있어?"

"글쎄……. 네가 재채기하는 걸 들은 건 나니까, 너는 모를 수도 있지."

"내가 아까 한 말은 '첫째, 현상금을 공시한다.'였어."

"거 봐. 방금 또 재채기를 했잖아."

푸가 답답하다는 듯이 말했어.

"현상금이라고! 이요르의 꼬리를 찾아 주는 동물한테는 뭔가 큰 걸 준다고 써서 내다 붙이는 거야."

아울이 더는 못 참겠다는 듯 소리를 빽 내질렀단다.

"아, 알았어. 이제 알았다고!"

푸가 고개를 끄덕였어.

"뭔가 큰 걸 말하는 거구나."

그러더니 꿈꾸는 듯한 목소리로 중얼거리기 시작했어.

"난 보통…… 아침 이맘때쯤이면, '뭔가 좀' 먹는데……. 그러니까 지금쯤이 그럴 시간이네."

푸는 아울네 응접실 한쪽 구석에 있는 찬장을 간절한 눈으로 쳐다보며 이렇게 덧붙였지.

"그냥 연유 한 모금만 마셨으면……. 아니면 꿀을 조금만 맛볼 수 있어도 좋을 텐데……."

아울은 푸가 하는 말을 조금도 개의치 않고 이렇게 말했어.

"자, 그럼 벽보에 써서 숲 곳곳에 붙이는 거야."

그런데도 푸는 여전히 혼자 중얼거렸어.

"아, 꿀을 조금만…… 아니면…… 아니, 안 된다면 할 수 없지만."

그러다가 푸는 체념한 듯 한숨을 푹 내쉬고는 아울이 하는 말을 잘 들어보려고 마음을 다잡았어. 하지만 좀처럼 귀에 들어오지 않았단다.

게다가 아울은 점점 더 복잡한 단어를 써 가면서 이런저런 이야기를 장황하게 늘어놓았어. 그러더니 결국 처음에 한 말로 되돌아가서, 벽보는 크리스토퍼 로빈이 써 줄 거라고 말했지.

"우리 집 문 앞에 붙어 있는 안내문도 크리스토퍼 로빈이 나를 위해 써 준 거야. 푸, 그 안내문 봤니?"

푸는 아울이 무슨 말을 하는지 여전히 알아듣지 못했단다.

그래서인지 푸는 한참 전부터 눈을 감고서 아울이 뭐라고 묻건 간에 한 번은 '응'으로, 그리고 다음번에는 '아니'로 번갈아 가며 대답하고 있었어. 그리고 바로 전에 "응, 맞아."라고 대답했기 때문에 이번에도 아울이 무슨 얘기를 하는지 모르면서 "아니, 절대로."라고 대답했단다.

"정말 못 봤다고? 그럼 지금 같이 나가서 보자."

아울은 좀 놀랍다는 듯 말했어.

그래서 둘은 밖으로 나갔지. 푸는 아까처럼 노커와 그 밑에 붙어 있는 안내문을 들여다보고, 다시 설렁줄과 그 밑에 붙어 있는 안내문을 들여다보았어. 그런데 설렁줄을 보면 볼수록 전에 어디선가 그와 비슷한 것을 본 적이 있다는 생각이 자꾸만 드는 거야.

"참으로 멋진 줄이야. 그렇지 않니?"

아울이 말했지.

"이걸 보니 뭔가 생각이 날 것 같은데, 그게 뭔지 모르겠어. 너 이거 어디서 났어?"

푸가 고개를 한 번 끄덕이며 말했어.

"그거? 숲을 지나가다 우연히 발견했어. 이게 덤불 위에 걸려 있었거든. 처음에는 누군가 거기에 사는 줄 알고 줄을 흔들었는데, 아무런 대답이 없더라고. 너무 약하게 흔들어서 못 들었나 싶어 다시 한번 세게 흔들었어. 그랬더니 쑥 빠져서 내 손에 뚝 떨어진 거야. 주인도 없는 물건인 것 같아서 내가 집으로 가지고 왔어. 그리고……."

아울이 말하고 있는데, 푸가 말을 자르며 엄숙하게 선언하듯 말했어.

"아울, 너 큰 실수한 거야. 그거 주인이 있어."

"그게 누군데?"

“이요르. 내 소중한 친구, 이요르 말이야. 이요르는…… 이요르는
이걸 아주 좋아했거든.”

“좋아했다고?”

“응, 그래. 한시도 빼놓지 않고 붙어 다녔거든.”

위니 더 푸가 슬픈 목소리로 말했지.

푸는 이 말을 한 다음 아울의 집으로 가서 문에 묶여 있던 설렁줄을
벗겨 내서, 이요르에게 가져다주었어. 그리고 크리스토퍼 로빈이 와서
이요르의 꼬리를 원래 있던 자리에 놓고 못으로 박아 주었지. 그러자
이요르는 꼬리를 흔들어 대며 신이 난다는 듯 숲속을 껑충껑충 뛰어다녔
어. 푸도 그 모습을 보며 덩달아서 그 뒤를 따라다녔단다.

그러다 문득 배가 고파진 푸는 ‘뭔가 좀’을 먹고 기운을 차리려고
서둘러서 집으로 돌아갔어.

삼십 분쯤 지난 뒤에 푸는 흡족해진 얼굴로 입을 닦으면서, 의기양양
하게 노래를 불렀어.

누가 꼬리를 찾았을까?

"나야, 나!"

푸가 말했어.

그때가 두 시 십오 분 전이었지.

(실제로는 열한 시 십오 분 전이었지만.)

꼬리를 찾은 건 누구일까?

"바로 나야, 나!"

5
헤파럼프를 만난 피글렛

하루는 크리스토퍼 로빈하고 위니 더 푸하고 피글렛이 얘기를 나누고 있었어. 그러다 크리스토퍼 로빈이 음식을 한입 가득 쑤셔 넣고 우물거리다가 꿀떡 삼키더니 무심코 이렇게 말했어.

"피글렛, 나 오늘 헤파럼프 봤다."

"그게 뭘 하고 있었는데?"

피글렛이 물었지.

"그냥 둔하게 뛰고 있던데. 그런데 나를 못 본 것 같아."

크리스토퍼 로빈이 대답했어.

"나도 한 번 본 적이 있어. 적어도 난 그랬다고 생각해. 어쩌면 내가 본 것이 헤파럼프가 아닐지도 모르지만."

피글렛이 말했어.

"나도야."

푸가 끼어들며 말했어. 하지만 속으로는 헤파럼프가 어떻게 생겼을까 하고 정말 궁금했어.

"헤파럼프는 자주 볼 수 있는 게 아닌데."

크리스토퍼 로빈이 별일 아니라는 투로 말했어.

"요새 본 건 아냐."

피글렛이 말했지.

"이맘때는 철이 아니잖아."

푸도 말했어.

그리고 나서 셋은 딴 얘기를 했고, 그러다가 푸하고 피글렛이 집에 돌아갈 시간이 되자 함께 길을 나섰단다.

처음에 둘은 별말을 하지 않고 조용히 100에이커 숲 가장자리 길을 따라 타박타박 걸어갔어. 그러다가 시냇가에 이르렀을 때는 서로를 도와 징검다리를 무사히 건넜지. 그리고는 야생화가 흐드러지게 피어 있는 들판을 나란히 걸어갈 수 있게 되자, 둘은 사이좋게 이런저런 얘기를 주고받기 시작했어.

"푸, 아까 내가 왜 그렇게 말했는지 네가 알면 좋을 텐데."

"피글렛, 나도 방금 그 생각을 하고 있었어."

"하지만 푸, 그래도 우린 잊지 말아야 하는 게 있어."

"네 말이 맞아. 피글렛, 아까는 내가 그만 깜빡했지 뭐야."

피글렛의 말을 듣고 푸가 말했어.

그때 둘은 막 소나무 여섯 그루가 모여 있는 곳을 지나려던 참이었어. 그런데 푸가 갑자기 다른 누군가가 있나 살피듯이 주변을 두리번거리더니, 짐짓 비장한 목소리로 말했어.

"피글렛, 나 방금 결심했어."

"무슨 결심을 했다는 거야, 푸?"

피글렛이 물었지.

"헤파럼프를 잡겠다는 결심."

푸는 이렇게 말하면서 몇 번이나 고개를 끄덕였어. 그리고는 피글렛이 '어떻게?'라거나, '푸, 넌 못해!'라는 등으로 뭐라도 도움이 될 만한 말을 할 거라 생각하고 기다렸어. 하지만 피글렛이 아무 말도 하지 않는 거야. 사실 피글렛은 속으로 '왜 그 생각을 내가 푸보다 먼저 하지 못했을까?' 하고 아쉬워하고 있었거든.

푸는 좀 더 기다려 보다가 결국 다시 이렇게 말했어.

"난 헤파럼프를 꼭 잡을 거야. 어떻게 잡을 거냐면, 함정을 파서! 그런데 그 함정은 아주 교묘해야 해. 그래서 네가 나를 도와주면 좋겠어. 피글렛, 도와줄 거지?"

"푸, 그럴게! 내가 도와줄게."

삐쳐 있던 피글렛은 다시 기분이 좋아졌어.

"그런데 뭘 어떻게 해야 돼?"

"바로 그게 문제야. 어떻게 하지……?"

조금 뒤에 피글렛이 묻자, 푸가 짐짓 생각하는 듯한 표정을 지었어.

둘은 그 자리에 주저앉아서 머리를 맞대고 곰곰이 생각해 보았단다.

푸가 처음 떠올린 아이디어는 둘이 엄청나게 깊은 구덩이를 파자는 거였어. 그러면 헤파럼프가 지나가다 그 구덩이에 빠질 거고, 그러면…….

"그런데 왜?"

피글렛이 물었어.

"뭐가 왜야?"

푸가 되물었지.

"헤파럼프가 거기에 왜 빠지는데?"

푸는 앞발로 콧등을 문지르고 나서 설명을 시작했어. 헤파럼프가 콧노래를 흥얼거리며 걷다 보면 비가 올지 궁금해서 하늘을 쳐다보기도 할 거고, 그렇게 되면 엄청나게 깊은 구덩이를 보지 못할 거야. 그러다 보면 떨어지는 중에야 엄청나게 깊은 구덩이를 알게 될 텐데, 그때는 손을 쓸 수가 없어 구덩이 속에 푹 빠져 버리고 말 거라는 이야기였지.

피글렛은 그 얘길 듣고 나서, 그건 감쪽같은 함정이긴 하지만 만약 그때 이미 비가 오고 있다면 어떻게 되느냐고 물었어.

푸는 다시 한번 코를 문지르더니, 미처 거기까지는 생각하지 못했다고 대답했어. 그러다가 금방 얼굴이 환해져서는 이렇게 말했단다. 이미 비가 오고 있다면, 헤파럼프가 언제 비가 그칠지 궁금해서 하늘을 쳐다볼 것이기 때문에 앞에 있는 구덩이를 보지 못할 거라고 했어. 엄청나게 깊은 구덩이가 있다는 건 떨어지는 중에야 알게 될 테니…… 그때는 이미 상황을 돌이킬 수 없을 거라고.

설명을 들은 피글렛은 그건 정말 교묘한 함정이 될 거라고 말했어.

피글렛의 말을 듣고 우쭐해진 푸는 헤파럼프는 잡힌 거나 다름없다고 생각했단다. 하지만 또 생각해 봐야 할 문제가 남아 있었어. 그건 엄청나게 깊은 구덩이를 어디에다 팔 것이냐 하는 문제였지.

피글렛은 헤파럼프가 딱 한 발만 더 내디뎌도 빠질 만한 데가 가장 좋겠다고 했어.

"하지만 우리가 땅을 파는 걸 보고 헤파럼프가 눈치채지 않을까?"

푸가 말했어.

"하늘을 쳐다보고 있으면 못 볼 거야."

"그래도 의심은 할 거야. 어쩌다가 고개를 숙이면 보지 않을까? 그러면 어떡해?"

푸는 한참 동안 생각해 보더니 풀 죽은 목소리로 힘없이 말했어.

"이거 내가 생각했던 것보다 훨씬 어렵네. 그래서 헤파럼프가 지금까지 잡히지 않았나 봐."

"그런가 봐."

피글렛이 맞장구를 쳤어.

둘은 한숨을 내쉬고 자리에서 일어났어. 그리고 엉덩이에 붙어 있는

덤불 가시 몇 개를 털어내고 다시 주저앉았는데, 그때부터 푸는 계속 혼잣말처럼 뭔가를 중얼거렸어.

"분명 무슨 좋은 수가 있을 텐데!"

푸는 머리가 아주 똑똑하면 방법을 제대로 알아내서 헤파럼프를 잡을 수 있다고 믿고 있었던 거야.

뭔가를 생각하던 피가 피글렛한테 말했어.

"피글렛, 만약에 네가 나를 잡고 싶다면 어떻게 할 것 같아?"

"글쎄, 난 아마 이렇게 했을 거야. 함정을 만들어 놓고 그 안에 꿀단지 하나를 넣어 둘 것 같아. 그러면 네가 그 냄새를 맡을 테고, 꿀을 가지러 다가갈 테니까. 그러면……."

피글렛이 말했지.

"그러면 내가 꿀을 가지러 안으로 들어가겠지. 물론 다치지 않게 아주 조심하면서 말이야. 그리고 꿀단지 있는 데로 가서, 마치 꿀이 더는 남아 있지 않은 것처럼 우선 단지 둘레를 쭉 핥을 거야. 그러고는 좀 멀찌감치 물러서서 잠깐 생각해 본 다음, 다시 다가가서 꿀단지 한가운데부터 핥기 시작하겠지. 그다음엔……."

푸가 흥분하여 소리치듯 말했어.

"그래, 그다음부터는 걱정할 거 없어. 네가 그렇게 하면 내가 잡는 거지, 뭐. 이제 가장 먼저 생각할 일은 이거야. 헤파럼프는 뭘 좋아할까? 내 생각엔 도토리 같은데, 안 그래? 그렇다면 우린 많은 도토리를 모아야 하는데…… 이런! 푸, 일어나! 정신 차려!"

꿀 생각을 하다 그새 달콤한 꿈속에 빠져들었던 푸가 소스라치게 놀라 벌떡 일어났어. 그러고는 대뜸 '꾸토리'(푸는 여전히 꿀 생각을 하고 있다가 도토리를 이렇게 잘못 발음한다. — 옮긴이)보다는 꿀이 훨씬 효과가 클 거라고 말했어.

물론 피글렛은 그렇게 생각하지 않았지. 그래서 자칫 둘 사이에 말다툼이 일어날 뻔했어. 그런데 그때 피글렛에게 한 가지 생각이 퍼뜩 난 거야. 함정에 도토리를 놓기로 하면 자기가 구해 와야 하지만, 꿀을 놓기로 하면 푸가 가지고 있는 꿀을 조금만 내어놓으면 된다는 거였지.

"좋아, 그럼 꿀로 하자."

피글렛이 말했어.

마침 그때 푸도 피글렛하고 똑같은 생각을 하고는 '좋아, 꾸토리로 하자.' 하고 말하려던 참이었어.

"꿀로 하기로 해."

피글렛은 자신이 양보하겠다는 투로 잔뜩 힘주어 말했지. 마치 이제 다 결정이 난 것처럼 말이야.

"네가 집에 가서 꿀을 가지고 올 동안, 난 구덩이를 파고 있을게."

"그러지, 뭐."

푸는 대답하고 나서 터벅터벅 걸어갔단다.

집에 도착하자마자 푸는 찬장으로 갔어. 푸는 의자 위에 올라서서 선반 맨 위 칸에 있던 큼지막한 꿀단지를 꺼내 들고 조심스레 내려왔어. 단지에 '꾸울'이라고 쓰여 있었지만, 푸는 그저 꿀이 맞는지 확인만 해 보려고 종이 덮개를 벗겼단다. 안을 들여다보았는데, 그건 보기에도 딱 꿀 같았지.

"음, 그렇지만 혹시 또 모르는 거야. 언젠가 삼촌이 꼭 이런 색깔을 한 치즈를 본 적이 있다고 했었거든."

푸는 이렇게 말하며, 단지 속으로 혀를 쑥 밀어 넣고서 한입 쓰윽 핥았단다.

"맞네, 맞아. 꿀이 분명해. 단지 밑바닥까지 다 꿀이 맞겠지? 물론 누군가가 장난으로 바닥에 치즈를 깔아 놓지 않았다면 말이지. 쪼끔만 더 먹어 보는 게 좋을지도 몰라⋯⋯. 그냥 혹시 모르니까⋯⋯. 그런데 헤파럼프가 치즈를 좋아하지 않으면 어떡해⋯⋯. 나처럼⋯⋯ 아!"

푸가 한숨을 푹 내쉬며 말했어.

"내 생각이 맞았어. 이건 꿀이야, 단지 밑바닥까지 전부 다."

단지에 든 것이 전부 꿀이라는 것을 확신한 푸는 서둘러서 꿀단지를 안고 피글렛한테 돌아갔어. 그때 피글렛은 엄청나게 깊은 구덩이를 파 내려가는 중이었는데, 푸가 돌아오는 소리가 들리자 구덩이 바닥에서

위쪽을 올려다보며 소리쳤어.

"가져왔어?"

"응, 그런데 꿀이 그렇게 많지는 않아."

푸가 꿀단지를 피글렛한테 던지며 말했어.

"이런! 꿀이 별로 없잖아. 남은 게 이게 다야?"

피글렛이 물었지.

푸는 '그렇다.'고 답했어. 어찌 됐든 정말 그랬으니까.

피글렛은 아쉬운 대로 구덩이 바닥에 꿀이 담긴 단지를 놓아둔 다음 기어 올라왔고, 둘은 함께 집으로 돌아갔단다.

"그럼 잘 자, 푸. 내일 아침 여섯 시에 여섯 그루 소나무가 있는 곳에서 만나, 우리가 파 놓은 함정에 헤파럼프가 몇 마리나 빠져 있는지 보자."

푸네 집 앞에서 피글렛이 말했어.

"여섯 시라고? 맞아, 피글렛. 그런데 너 혹시 '끈' 같은 거 있어?"
푸가 말했지.

"아니. 끈은 왜?"

"헤파럼프를 잡으면 끈으로 묶어서 집에 데려오려고."

"아! 그래……? 나는 네가 휘파람을 불면 헤파럼프가 따라오는 건
줄 알았어."

"그게…… 따라오는 것도 있고, 따라오지 않는 것도 있어. 헤파럼프
가 어떤 반응을 보일지는 아무도 알 수 없거든. 아무튼 잘 가!"

"너도 잘 있어!"

피글렛은 종종걸음으로 나무판자에 '트레스패서즈 더블유(W)'라고
적힌 자기 집으로 돌아갔고, 푸는 잠자리에 들 준비를 했지.

몇 시간이 지나, 밤이 슬그머니 물러나려고 할 무렵이었어. 푸는 갑자
기 가슴이 철렁하는 기분이 들어 잠에서 깼어. 그런 기분은 전에도 느껴
본 적이 있어서, 푸는 그것이 무얼 뜻하는지 잘 알고 있었단다. 그건
배가 고프다는 신호였던 거야. 그래서 푸는 찬장 있는 데로 가서, 의자
를 놓고 올라가 선반 위로 앞발을 뻗어 더듬었어. 당연히 그 위에는
아무것도 없었지.

"그것 참 이상하군. 여기에 분명히 꿀단지가 하나 있었는데……. 꿀
이 가득 든 단지를 바로 저기 맨 위에 올려놓고, 나중에 알아볼 수
있게 '꾸울'이라고 써 놓기까지 했는데. 정말 이상하네."

푸는 혼잣말처럼 중얼거리면서 의자를 오르락내리락했어. 그리고는

꿀단지가 어디에 있는지를 생각하기 시작했어. 이렇게 웅얼거리면서 말이지.

정말, 정말 이상해.
나한테 분명 꿀이 있었는데.
'꾸울'이라고
이름표를 붙여 놓기까지 했는데.

기차게 맛있는 꿀이 가득 든 단지였는데,
이제는 어디로 갔는지 모르겠네.
아니, 어디로 가 버렸는지 모르겠네.
이거 참, 정말 이상하네.

푸는 노래를 부르는 것처럼 세 번 정도 웅얼거렸어. 그리고 마침내 기억해 냈지. 헤파럼프를 잡으려고 파 놓은 그 교묘한 함정에 꿀단지를 갖다 놓았다는 것을!

"이런! 이게 다 헤파럼프에게 너무 잘해 주려다가 생긴 일이야."

푸가 말했어.

푸는 다시 잠자리로 돌아갔어.

하지만 잠이 오지 않았단다. 잠을 자려고 애쓰면 애쓸수록 눈은 더 말똥말똥해졌지. 푸는 결국 양 백 마리 세기를 해 보았어. 어떤 때는 그렇게 하면 잠이 잘 왔거든. 하지만 이번에는 아무 소용이 없었어.

그래서 이번엔 헤파럼프를 세어 보기로 했는데, 이것 또한 괜한 짓이 되어 버린 거야. 푸가 헤파럼프를 하나, 둘 셀 때마다 녀석들이 꿀단지로 달려가서 그 안에 든 꿀을 몽땅 먹어치우는 모습만 머릿속에 떠올랐거든.

푸는 몇 분 동안 참담한 기분으로 꼼짝 않고 누워 있었는데, 587번째 헤파럼프가 입맛을 다시면서 '정말 맛있는 꿀이야. 이렇게 맛있는 꿀은 정말이지 처음이야.' 하고 말하며 꿀을 다 먹어 치우는 상상에 이르자 더 이상 참을 수가 없었어. 결국 침대에서 튀어나온 푸는 집 밖으로 뛰쳐나가 여섯 그루 소나무가 있는 곳까지 내달렸단다.

해는 아직 잠자리에 들어 있었지만, 100에이커 숲 너머로 보이는 하늘은 이제 막 깨어나서 이불을 걷어차고 희미하게나마 빛을 틔우고 있었지. 새벽녘 어스름 속에 서 있는 여섯 그루 소나무는 춥고 외로워 보였고, 엄청나게 깊은 구덩이는 유난히 더 깊어 보였어.

그렇지만 밑바닥에 놓여 있는 푸의 꿀단지는 형태만 어렴풋이 드러나, 뭔가 신비스러운 물건처럼 보였어. 하지만 그것에 가까이 다가갈수록 꿀 냄새를 맡은 푸의 코가 벌렁벌렁거렸고, 혀가 벌써부터 밖으로 나와 연신 입술을 훔쳐댔어. 꿀맛을 볼 생각에 입안 가득 침이 고인 거지.

푸가 단지 속에 코를 들이밀더니 다급하게 외쳤어.

"이런! 헤파럼프가 꿀을 다 먹어 치웠잖아!"

그러더니 잠깐 생각해 보고는 다시 말했어.

"아참, 내가 먹었지. 깜빡했네."

사실 푸는 이미 단지 안의 꿀을 거의 다 먹었는데, 이렇게까지 많이 먹어 버린 줄은 몰랐던 거지. 푸는 아쉬웠지만 단지 밑바닥에 남아 있는 꿀이라도 마저 먹으려고 머리를 처박고 핥아먹기 시작했어…….

그때쯤에 피글렛도 잠에서 깨어났어.

피글렛은 눈을 뜨자마자 혼잣말을 했지.

"아!"

그리고 씩씩하게 말했어.

"맞아!"

그리고 좀 더 씩씩하게 말했지.

"가야지!"

하지만 아주 씩씩한 건 아니었단다. 사실 피글렛의 머릿속에서는 '헤파럼프'라는 말만 어지럽게 맴돌고 있었으니까.

'헤파럼프는 어떻게 생겼을까?'

'사나울까?'

'휘파람을 불면 따라올까? 따라온다면 어떤 식으로 따라올까?'

'돼지를 좋아하긴 할까?'

'돼지를 좋아한다면, 어떤 종류의 돼지든 가리지 않고 좋아할까?'

'돼지에게 사납게 군다고 치더라도, 할아버지가 '트레스패서즈 윌리엄'이라고 하면 좀 다르게 봐 주지 않을까?'

이 질문들에 대한 답을 하나도 알지 못하는데…… 이제 딱 한 시간만 지나면 태어나서 난생처음으로 헤파럼프를 눈앞에서 마주해야 한다니!

물론 푸가 함께 갈 테고, 둘이 있으면 훨씬 더 마음이 놓이겠지. 하지만 헤파럼프가 돼지와 곰이 같이 있을 때 더 사나워지는 동물이라면 어쩌지? 아무래도 오늘 아침에는 머리가 너무 아파서 도저히 여섯 그루 소나무가 있는 곳까지 갈 수 없다고 하는 게 낫지 않을까? 그렇지만 만약 날씨는 화창하고 헤파럼프는 한 마리도 함정에 빠지지 않았는데, 아침 내내 침대에 누워 있는 건 그저 시간만 낭비하는 꼴이잖아. 아, 어떻게 하면 좋지?

그런데 그때 피글렛한테 기발한 아이디어가 떠올랐어. 지금 살그머니 여섯 그루 소나무가 있는 곳으로 가서, 헤파럼프가 함정 안에 빠졌는지 빠지지 않았는지를 살짝 살펴보는 거야. 만약 그 안에 헤파럼프가 있으면 침대로 돌아와 눕는 거고, 없으면 그냥 거기서 약속대로 푸를 기다리는 거지.

그래서 피글렛은 집을 나섰어. 처음에는 '함정 속에 헤파럼프가 없을 거야.' 하는 생각이 들었다가, 금세 또 '아니야, 있을지도 몰라.' 하는 생각이 들었어. 그리고 함정이 가까워질수록 헤파럼프가 있다는 확신이 들었어. 정말 헤파럼프가 내는 것 같은 소리가 들렸거든.

"오, 세상에! 오, 세상에! 오, 세상에!"

피글렛은 정신없이 계속 중얼거렸어. 마음 같아서는 여기서 그냥 돌아가야겠다는 생각이 굴뚝 같았지. 하지만 이렇게 가까이까지 왔는데, 헤파럼프가 어떻게 생겼는지 보기는 해야 할 것 같다는 생각이 들었어. 그래서 피글렛은 함정 한쪽으로 살금살금 기어가서 안을 들여다보았지. 그런데······.

엄청나게 깊은 구덩이 안에서 위니 더 푸가 꿀단지에서 머리를 빼내려고 발버둥 치고 있었어. 그런데 발버둥 치면 칠수록 머리가 단지에서 빠지는 것이 아니라 더 꽉 끼였지.

"아, 이런!"

푸가 단지 안에서 말했어.

"아아, 도와줘!"

또 이런 말도 했는데, 하지만 푸가 가장 많이 한 말은 "아야!"였지.

푸는 단지를 어디에든지 부딪쳐 보려고 했지만, 눈이 가려진 채로는

무엇에 부딪히는지 전혀 알 수가 없어서 별로 소용이 없었어. 그래서 엄청나게 깊은 구덩이 밖으로 기어 올라오려고도 해 보았지만, 깜깜한 단지 안에서는 아무것도 볼 수 없었기에 도무지 길을 찾을 수가 없었단다. 그러다가 마침내 단지에 끼인 머리를 쳐들고는, 슬픔과 절망에 휩싸여 큰 소리로 울부짖었는데…… 그때 마침 피글렛이 구덩이 안을 내려다본 거지.

"살려 줘, 살려 줘! 헤파럼프가 나타났어. 무서운 헤파럼프가 나타났다고!"

피글렛이 소리를 질러 댔단다.

피글렛은 있는 힘을 다해 허둥지둥 달아나면서 계속해서 소리를 질러 댔어.

"살려 줘, 살려 줘, 메서운 후퍼럼이야! 훌려 줘, 훌려 줘! 살서운 메퍼럼이야! 훌퍼야, 훌퍼야! 살려운…… 메서럼이야!"

피글렛은 정신없이 고래고래 소리를 질러 대며 크리스토퍼 로빈네 집까지 내달렸지.

이제 막 잠자리에서 일어난 크리스토퍼 로빈이 피글렛을 보고 물었어.

"피글렛, 도대체 무슨 일이야?"

"하프……."

피글렛은 숨을 세차게 몰아쉬느라 제대로 말을 할 수가 없었단다.

"헤프…… 헤파…… 헤파럼프야."

"어디에?"

크리스토퍼 로빈이 물었지.

"저기."

피글렛은 앞발을 흔들면서 말했어.

"어떻게 생겼는데?"

"어떻게…… 어떻게 생겼냐면…… 그렇게 큰 머리는 태어나서 처음 봤어, 크리스토퍼 로빈. 엄청나게 커다란 건데, 뭐 같이 생겼냐 하면…… 그렇게 생긴 게 없네. 무지무지하게 큰데…… 그게 뭐 같이 생겼냐 하면…… 정말 모르겠네……. 엄청나게 커다란, 그런 게 없긴 한데, 단지같이 생겼어."

크리스토퍼 로빈은 신발을 신었어.

"그래? 내가 가서 한번 볼게. 가자."

크리스토퍼 로빈이 말했지.

피글렛은 크리스토퍼 로빈이 같이 가 준다고 하니까 겁이 나지 않았어. 그래서 둘은 함께 출발했지…….

"소리가 들리지? 넌 안 들리니?"
함정이 가까워지자 피글렛이 조바심을 내며 물었어.
"무슨 소리가 들리기는 하네."

그건 푸가 어쩌다 찾아낸 나무뿌리에 머리를 부딪치는 소리였어.
"저기 있다! 정말 무시무시하지 않아?"
피글렛이 크리스토퍼 로빈의 손을 잡아끌며 소리쳤어.
그런데 피글렛의 질문에 대답도 하지 않은 채 크리스토퍼 로빈이 갑자기 웃음을 터뜨리는 거야. 하하하……. 크리스토퍼 로빈은 웃고…… 또 웃고…… 계속 웃어 댔어.
그리고 크리스토퍼 로빈이 그렇게 계속 웃는 사이에…… "꽝~ 와장창~!" 하고 요란한 소리가 났어. 그러더니 무엇인가가 묵직하게 나무뿌리에 부딪혔어. 그와 동시에 단지가 깨지면서 푸의 머리가 다시 밖으로 나왔지…….
그제야 피글렛은 자기가 얼마나 바보 같은 짓을 했는지 깨달았어. 그리고는 너무나 부끄러운 나머지 곧장 집으로 달려갔고, 정말로 머리가 아파서 싸매고 누워 버렸단다.

　하지만 크리스토퍼 로빈과 푸는 같이 아침을 먹으려고 집으로 향하면서 도란도란 이야기를 나누었지.

　"아, 푸! 나는 너를 참 좋아해."

　크리스토퍼 로빈이 말했어.

　"나도 그래."

　푸가 당연하다는 듯이 대답했단다.

6
이요르의 생일 축하 선물

나이 지긋한 회색 당나귀 이요르가 시냇가에 서서 물속에 비친 자기 모습을 들여다보며 말했어.

"아이고, 처량해라. 이런 게 바로 처량한 거지."

이요르는 돌아서서 시내를 따라 천천히 20미터 정도를 걸어 내려가다가, 첨벙첨벙 시냇물을 건넌 다음 건너편 기슭을 느릿느릿 거슬러 올라갔어. 그러고는 다시 시냇물 속을 들여다보았지.

"마찬가지야, 이쪽에서 봐도 나을 게 하나도 없어. 하지만 누구도 신경 쓰지 않아. 관심도 없지. 내 신세가 처량하군."

그때 뒤쪽 고사리 덤불에서 부스럭부스럭 소리가 나더니 푸가 튀어나왔어.

"안녕, 이요르."

"안녕, 푸 베어. 정말로 안녕한지는 잘 모르겠지만……."

푸가 인사를 건네자, 이요르가 축 처진 목소리로 대답했어.

"왜 그래? 무슨 걱정이라도 있어?"

"아무 일도 아냐, 푸. 아무 일도. 모두가 똑같을 수는 없으니까. 개중에는 안 그럴 수 있는 것도 있겠지만, 다 그런 거지 뭐."

"뭐가 다 그렇다는 거야?"

푸가 콧등을 가만히 문지르며 물었어.

"즐겁게 노는 거. 노래하고, 춤추고. 다 함께 뽕나무 숲을 빙글빙글 도는 거." (Here we go round the mulberry bush, 영국의 전래 동요 ― 옮긴이)

"아!"

푸는 한참 동안 생각하고 나서 물었어.

"그런데 그건 무슨 뽕나무 숲이야?"

"넌 참 순진하구나. 프랑스어로 '본호미'('순진하다'는 말은 프랑스어로 '보노미(bonhomie)'인데, 이요르는 그것을 잘못 발음하고 있다. ― 옮긴이)라고 하는데, 너한테 뭐라고 하는 건 아니고. 그냥 그렇다고."

이요르는 우울한 목소리로 말했어.

푸는 큼지막한 돌 위에 앉아서 그 말을 곰곰이 생각해 보았어. 푸한테는 이요르의 말이 수수께끼처럼 들렸거든.

머리가 그다지 좋지 않은 곰인 푸는 수수께끼 푸는 일은 별로 자신이 없었어. 그래서 푸는 생각을 하는 대신에 '코틀스톤 파이' 노래를 불렀단다.

> 코틀스톤, 코틀스톤, 코틀스톤 파이.
> 파리는 새처럼 날 수 없지만, 새는 파리처럼 날 수 있어요.
> 나한테 수수께끼를 내 봐요, 나는 이렇게 대답할 거예요.
> "코틀스톤, 코틀스톤, 코틀스톤 파이."
> ('파리'와 '날다'는 영어로 둘 다 '플라이(fly)'이다. 푸는 지금 이 단어를 가지고 말장난을 하고 있다. — 옮긴이)

이게 1절이야. 푸가 1절을 다 불렀는데도 이요르는 노래가 별로였다느니 하는 반응을 보이지 않았어. 그래서 푸는 아주 친절하게 이요르한테 2절도 불러 주었단다.

> 코틀스톤, 코틀스톤, 코틀스톤 파이.
> 물고기가 휘파람을 못 부는 것처럼, 나도 그래요.
> 나한테 수수께끼를 내 봐요, 나는 이렇게 대답할 거예요.
> "코틀스톤, 코틀스톤, 코틀스톤 파이."

이요르는 여전히 아무 말도 하지 않았어. 그래서 푸는 혼자 나지막이 3절도 흥얼거렸지.

코틀스톤, 코틀스톤, 코틀스톤 파이.
닭은 왜 낳지 못할까, 나도 몰라요.
나한테 수수께끼를 내 봐요, 나는 이렇게 대답할 거예요.
"코틀스톤, 코틀스톤, 코틀스톤 파이."

"바로 그거야! 노래해라, 노래해. 움티 티들리, 움티 투. 다 함께 도토리랑 산사나무 열매를 주우러 가고. (Here we go gathering Nuts and May, 영국 전래 동요 – 옮긴이) 꽃도 따면서 신나게 노는 거야."
이요르가 말했어.
"난 그렇게 하고 있어."
푸가 말했지.
"그럴 수 있어서 참 좋겠다."
이요르가 말했어.

"왜 그래? 뭐가 문제야?"

"누가 문제 있다고 했어?"

"이요르, 너 정말 슬퍼 보이는데."

"슬퍼 보인다고? 왜 내가 슬퍼? 오늘은 내 생일인데. 생일은 일 년 중에서 가장 기쁜 날이잖아."

"생일이라고?"

푸가 화들짝 놀라며 외쳤어.

"그럼. 물론이야. 여기 이거 안 보이니? 내가 받은 선물들을 좀 봐."

이요르가 한 발을 들어 이리저리 발을 휘저었어.

"봐! 생일 케이크도 있잖아. 생일 초도 있고, 분홍색 설탕 장식도 있는……."

"선물이라고? 생일 케이크가 있다고? 어디에?"

푸가 어리둥절한 표정으로 두리번거렸어. 처음에는 오른쪽을, 그다음에는 왼쪽을 살펴보았어. 그리고 물어보았지.

"안 보여?"

"응, 안 보이는데."

"사실은 나도 안 보여. 농담이었어, 하하하!"

푸는 아직도 영문을 모르겠다는 듯 머리를 긁적였단다.

"그런데 정말 오늘이 네 생일이야?"

푸가 물었어.

"그래, 생일 맞아."

"우아~! 그럼 생일 축하해, 이요르."

"그래. 너도 생일 축하해, 푸 베어."

"하지만 오늘은 내 생일이 아닌데."

"응, 알아. 오늘은 내 생일이지."

"그런데 왜 나한테 생일 축하한다고 한 거야?"

"글쎄……, 그러면 안 돼? 내 생일날 네가 축하받는다고 해서 나쁠 건 없잖아. 안 그래?"

"아, 그렇구나."

푸가 말했어.

"지금도 충분히 서글퍼."

이요르가 당장에라도 울음을 터뜨릴 것 같은 목소리로 말했어.

"슬픈 건 나 혼자만으로도 충분해. 선물도 하나 못 받고, 생일 케이크도 없고, 생일 초도 없고……. 아무도 축하해 주지 않지만, 그래도 나말고 다른 친구들까지 슬픈 것보다는 그 편이……."

푸는 더 이상 그냥 듣고 있을 수가 없었어.

"여기 그대로 있어 봐!"

푸는 크게 소리를 내지르더니, 온 힘을 다해 집으로 달려갔단다. 가엾은 이요르한테 당장 뭔가 선물을 주어야 할 것 같았거든. 어떤 선물이 좋을지는 집에 가면 떠오를 수도 있으니까.

집에 도착해서 보니 피글렛이 찾아와 문밖에 있었어. 피글렛은 문에 달린 문고리에 손이 잘 닿지 않아 그 앞에서 폴짝폴짝 뛰고 있었지.

"안녕, 피글렛."

푸가 인사했어.

"안녕, 푸."

피글렛도 인사했지.

"너 지금 여기서 뭐 하는 거야?"

"문고리를 잡으려고 하는데, 저게 손에 닿지 않아서 말이야. 지금 막 놀러 왔는데……."

"내가 대신 해 줄게."

푸가 친절하게 말하며, 앞발을 들어서 문을 두드려 주었어.

"나 있지, 지금 이요르를 만나고 오는 길이야. 그런데 이요르가 무척이나 우울해하고 있어. 오늘이 자기 생일인데 아무도 그걸 몰랐거든. 너도 평소에 이요르가 어떤지 잘 알잖아. 그러니 지금은 어떻겠니. 그런데…… 여기는 누가 살기에 문을 이렇게 안 열어 주는 거야?"

푸가 다시 문을 두드리자 피글렛이 말했어.

"푸, 여긴 너네 집이잖아!"

"아! 참, 그렇지. 자, 그럼 들어가자."

그래서 둘은 집 안으로 들어갔어. 집에 들어가서 푸가 가장 먼저 한 일은 찬장에 가서 아주 조그만 꿀단지가 남은 게 있는지 확인하는 거였어. 마침 남은 꿀단지가 있어서, 푸는 그 단지를 끄집어 내렸단다.

"난 이걸 이요르한테 선물로 줄 거야. 넌 뭘 줄래?"

푸가 말했어.

"나도 그걸 주면 안 될까? 우리 둘이서 같이 주는 걸로 하면 되잖아."

"안 돼, 그건 좋은 생각이 아닌 것 같아."

피글렛의 대답에 푸가 딱 잘라 말했어.

"알았어. 그럼 난 풍선을 선물로 줄래. 전에 우리 집에서 파티를 하고 남은 풍선이 하나 있거든. 지금 가서 그걸 가져와야겠어. 그럼 되겠지?"

"정말 좋은 생각이야, 피글렛. 풍선이 있다면, 이요르의 기분이 다시 좋아질 거야. 누구라도 풍선을 보면 신나지 않을 수 없으니까."

피글렛은 종종걸음으로 서둘러 집으로 갔어. 그리고 푸는 찬장에서 꺼낸 꿀단지를 안고 피글렛과 반대쪽으로 걸어갔지.

오늘따라 날이 매우 더운데다 갈 길은 까마득했어. 아직 반도 채

못 갔는데, 갑자기 푸의 온몸에 이상한 느낌이 스멀스멀 번져가는 거야. 코끝에서 시작된 느낌이 온몸을 간지럽히며 지나가더니 발바닥 끝으로 빠져나가는 것 같았어. 그것은 마치 누군가가 푸의 몸속에서 이렇게 말하는 것 같았지.

'푸, 이제 '뭔가 좀' 먹을 시간이야.'

"이런, 이런! 시간이 벌써 이렇게나 됐는지 몰랐네."

푸는 주저앉아서 꿀단지 뚜껑을 열었어.

"그래도 이걸 갖고 나와서 참 다행이야. 나 말고 다른 곰들은 오늘처럼 더운 날 놀러 나올 때 이런 걸 챙길 생각을 하지 못할 거야."

푸는 흐뭇한 표정으로 꿀을 먹기 시작했단다.

"그런데 가만 있자, 내가 좀 전에 어디를 가고 있었더라?"

푸는 단지 안에 들어 있는 마지막 꿀을 핥으면서 생각했어.

"아, 맞다! 이요르한테 가고 있었지."

푸는 느릿느릿 일어났어.

그런데 바로 그 순간 갑자기 기억이 난 거야. 이요르에게 주려던 생일 선물을 다 먹어 치웠다는 사실을!

"이런! 이제 어떻게 해야 하지? 이요르에게 뭔가 주기는 해야 할 텐데."

푸는 얼마 동안 머리를 감싸고 생각했지만 아무것도 떠오르지 않았어. 그러다가 마침내 한 가지 생각을 해냈어.

"그러고 보니 이 꿀단지가 참 멋있게 생겼단 말이야. 비록 안에 꿀은 들어 있지 않지만, 깨끗이 씻은 다음 누군가한테 부탁해서 단지 위에다 '생일 축하해.'라고 써 달라고 하면, 근사한 선물이 될 수 있을 거야. 여기에 물건을 넣어 둘 수도 있으니까, 이요르에게 여러모로 쓸모가 있을 거고."

그때 마침 푸는 100에이커 숲을 막 지나던 참이었어. 그래서 푸는 그 숲에 사는 아울을 만나러 안으로 들어갔어.

"안녕, 아울."

"안녕, 푸."

"이요르의 생일을 축하해."

푸가 말했어.

"아, 그래?"

"아울, 넌 이요르한테 뭘 줄 거야?"

"푸, 너는 뭘 주는데?"

"난 물건을 넣어 둘 수 있는 쓸모 있는 단지를 선물하려고. 그래서 너한테 부탁할 게 하나 있……."

"이게 그 단지야?"

푸의 말이 다 끝나기도 전에, 아울이 앞발에서 단지를 채가며 물었어.

"응. 그래서 말인데, 부탁이 있……."

"누가 단지 안에 꿀을 담아 두었던 것 같은데?"

"거기엔 꿀 말고 다른 것들도 얼마든지 담아 둘 수 있어. 그만큼 아주 쓸모 있는 거야. 그래서 너한테 부탁할 게 있는데……."

푸가 진지한 말투로 말했어.

"그렇다면 단지 위에 '생일 축하해.'라는 말을 써서 줘야지."

"그렇지. 그게 바로 내가 너에게 부탁하려던 거야. 왜냐하면 내가 글자를 쓰면 엉망진창이 되거든. 철자는 맞지만, 떨려서 그런지 글자들이 삐뚤삐뚤하고 여기저기 조금씩 획이 빗나가서 예쁘지 않아. 그래서 말인데, 네가 나 대신에 그 위에다 '생일 축하해.'라고 써 줄래?"

푸가 정중하게 부탁했어.

"그러고 보니, 이 단지 멋지게 생겼네. 이거 나도 같이 주는 거로 하면 안 될까? 우리 둘이 같이 주는 거로 하면 되잖아."

아울이 단지를 이리저리 꼼꼼하게 살펴본 다음 말했어.

"아니, 그건 좋은 생각이 아닌 것 같아. 자, 우선 내가 단지를 물로 깨끗이 씻어 올게. 너는 그 위에 글씨 쓸 준비를 하고 있어."

푸가 단호하게 말했어.

어쨌든 푸는 밖으로 나가 단지를 물로 깨끗이 씻은 다음 잘 말렸어. 그 사이에 아울은 연필 끝에 침을 묻히면서 '생일'이라는 글자를 어떻게 써야 할지 고심하고 있었단다.

"푸, 너 글자 읽을 수 있니? 우리 집 문밖에 노크한 다음 설렁줄을 잡아당기라고 붙여 놓은 안내문 있잖아. 크리스토퍼 로빈이 써 준 거 말이야. 그거 읽을 수 있어?"

푸가 돌아오자, 아울이 약간 불안해하는 듯한 표정으로 물었어.

"그거? 전에 크리스토퍼 로빈이 그게 무슨 말인지 알려 줘서, 읽을 수 있어."

푸가 대답했어.

"그래, 그러면 지금 내가 쓰는 것도 다 쓰고 나서 무슨 말인지 알려 줄게. 그러면 그것도 읽을 수 있을 거야."

그러면서 아울은 단지 위에 글씨를 쓰기 시작했어. 이게…… 아울이 쓴 거란다.

세잉이이리 추우카아 세잉이이리 추우카아함이에요오다.

푸는 아울에게서 단지를 받아, 감탄하는 눈빛으로 살펴보았지.

"뭘 이런 걸 가지고. 그냥 '생일 축하해.'라고만 쓴 거야."

아울은 별거 아니라는 듯 심드렁하게 말했어.

"진짜 길고 멋진 글이야!"

푸는 진심으로 감동받은 눈치였어.

"사실은 말이지, '생일 축하해. 사랑하는 푸가.'라고 쓴 거야. 그렇게 길게 쓰려면 연필심도 많이 닳는다는 거 알고 있지?"

"아, 그렇구나."

이런 일이 벌어지고 있는 사이에 피글렛은 집에 가서 이요르에게 줄 풍선을 가지고 나왔어. 피글렛은 풍선이 바람에 날아가 버릴까 봐 두 팔로 꼭 끌어안고서, 온 힘을 다해 빨리 달리기 시작했지. 푸보다 더 빨리 도착해서 이요르한테 먼저 선물을 주고 싶었거든.

피글렛은 누가 말해 줘서가 아니라 원래 이요르의 생일을 기억하고 있었던 것처럼 보이고 싶었어. 그래서 이요르가 얼마나 기뻐할까만 생각하느라고 앞도 제대로 보지 않고 뛰고 있었는데…… 아뿔싸! 갑자기 토끼굴에 발을 헛디딘 거야. 그 바람에 그만 앞으로 풀썩 고꾸라지고 말았어.

펑!!!???＊＊＊!!!

피글렛은 엎어진 채로 방금 무슨 일이 일어났는지 생각해 보았어. 무슨 일이 일어난 거지? 처음에는 세상 전부가 날아가 버린 줄 알았어. 그러고 나서 조금 있다 보니 세상 전부는 아니고, 아마도 숲만 날아갔나 보다 생각했어. 그리고 조금 더 있다 보니 다른 건 다 그대로이고, 아마 '나'만 날아가서 달나라나 다른 어느 별에 혼자 뚝 떨어진 건 아닐까 하는 생각이 들었어. 그래서 '이제 다시는 크리스토퍼 로빈이랑 푸랑 이요르를 볼 수 없는 건가.' 하는 생각이 들어 무척 슬펐단다. 그리고 마지막엔 이런 생각을 하게 되었지.

"어쨌든 여기가 달나라라고 해도 내가 계속 엎드려 있을 필요는 없는 거잖아."

피글렛은 조심조심 일어나서 주위를 둘러보았어. 그런데 아까처럼 여전히 숲에 있는 거야!

"어, 이상하네. 그렇다면 아까 '펑' 하고 뭔가가 터진 그 소리는 뭐지? 그냥 넘어졌다고 해서 그렇게 요란한 소리가 나지는 않을 텐데. 어, 그런데 내 풍선은 어디 있지? 그리고 이 쪼끄맣고 축축한 고무 쪼가리는 뭐야?"

그건 바로 풍선이었어!

"아, 어떡해! 이걸 어쩌지? 아, 어떡해! 세상에나, 세상에! 어쨌든 이젠 너무 늦었어. 집에 돌아갈 수도 없고, 가 봤자 풍선도 없는데……. 그리고 어쩌면 이요르가 풍선을 별로 좋아하지 않을지도 모르잖아."

피글렛은 체념한 상태로 터벅터벅 걸어갔어. 아까와는 달리 잔뜩 풀이 죽은 채로 말이야. 느릿느릿 걷다 보니 시냇가에 다다랐고, 이요르의 모습이 보이자 크게 소리쳤어.

"안녕, 이요르!"

"안녕, 꼬마 피글렛. 딱히 안녕한지는 잘 모르겠지만……. 아무튼 그건 중요한 게 아니니까."

이요르가 말했어.

"생일 축하해!"

피글렛이 좀 더 가까이 다가가서 말했어.

이요르는 시냇물에 비친 자기 모습을 들여다보고 있다가 갑자기 고개를 돌리더니, 피글렛을 빤히 쳐다보며 말했어.

"다시 한번 말해 봐."

"생일 축⋯⋯."

"잠깐만."

이요르는 다리 세 개로 균형을 잡고 서더니, 나머지 다리를 아주 조심스레 들어 올려 귀에다 갖다 대려고 애를 썼어.

"어제는 이게 됐거든."

이요르는 설명하면서 세 번을 넘어졌단다.

"별거 아냐. 다만 이렇게 하면 네 말을 더 잘 들을 수 있거든⋯⋯. 됐다, 이제 됐네! 그런데 피글렛, 지금 무슨 말을 하는 중이었지?"

이요르가 발굽을 귀 뒤에 대고 귀를 쫑긋 모았어.

"생일 축하해!"

피글렛이 다시 말했어.

"나 말이니?"

"물론이야, 이요르."

"오늘 정말 내 생일인 거야?"

"그렇다니까."

"내가 생일다운 생일 축하를 받고 있는 거야?"

"그래, 이요르. 너한테 줄 선물도 가져왔어."

이요르는 오른쪽 귀에서 오른쪽 발굽을 떼고 빙 돌아서더니, 다시 끙끙대며 왼쪽 발굽을 들어 올렸어.

"다른 쪽 귀로 들어 봐야겠다. 자, 뭐라고?"

"선물이라고!"

피글렛은 아주 큰 소리로 외쳤어.

"나한테 주려고?"

"그렇다니까."

"아직도 내 생일 얘기를 하는 거야?"

"물론이지, 이요르."

"오늘 정말 내 생일인 거야?"

"그래, 이요르. 내가 풍선을 가져왔어."

"풍선? 풍선이라고 했어? 그러니까 불면 크게 부풀어 오르고, 색깔도 알록달록하게 예쁜 그거 말하는 거야? 즐겁게 노래하고 춤추면, 이리 빙글 저리 빙글 하는 그거?"

"응, 맞아……. 이요르, 그런데 정말 미안해……. 풍선을 주려고 뛰어오다가, 길에서 내가 그만 '쫘당' 하고 넘어지고 말았어."

"저런, 저런! 어쩌다가! 너무 빨리 뛰다가 그랬구나. 어디 다친 데는 없니, 꼬마 피글렛?"

"아니, 난…… 괜찮아. 그런데 풍선이…… 이요르, 풍선이 그만 터져 버렸어!"

그리고 한동안 둘 다 아무 말도 하지 못했단다.

그러다가 한참 뒤에 이요르가 마침내 무겁게 입을 열었어.

"내 풍선이?"

피글렛이 말없이 고개를 끄덕였어.

"내 생일 풍선을?"

"응, 맞아. 이요르, 이거야. 그리고…… 그리고 정말 생일 축하해."

피글렛은 코를 조금 훌쩍거리며, 쪼끄맣고 축축한 고무 쪼가리를 이요르에게 건네주었어.

"이게 그거야?"

이요르가 놀란 얼굴로 묻자, 피글렛이 말없이 고개를 끄덕였어.

"내 생일 선물?"

피글렛은 또 고개를 끄덕였지.

"그 풍선?"

이요르가 다시 물었어.

"응."

"고마워, 피글렛. 그런데 이런 거 물어봐도 괜찮을지 모르겠는데, 이풍선은 원래…… 그러니까 풍선이었을 땐 무슨 색깔이었어?"

"빨간색."

"난 그냥 궁금해서……. 빨간색이었구나. 내가 가장 좋아하는 색이야……. 크기는 얼마만 했니?"

"크기는 딱 나만 했어."

"난 그냥 궁금해서……. 피글렛만 했던 거구나. 그것도 내가 가장 좋아하는 크기야. 그럼, 그럼."

피글렛은 정말이지 울고 싶었어. 이요르에게 무슨 말이든 하고 싶었지만 할 말이 마땅하게 떠오르질 않았거든. 여전히 입을 벌리고서 무슨 말인가를 하려 했다가, 금세 또 쓸데없는 말인 것 같아 그만두려던 참이었어.

그때 마침 시내 저편에서 소리쳐 부르는 소리가 들렸어. 푸가 온 거야.

"생일 축하해, 이요르!"

푸는 아까 생일 축하 인사를 했다는 걸 깜빡 잊고는 크게 외쳤지.

"고마워, 푸. 안 그래도 지금 축하받고 있는 중이야."

이요르가 여전히 푹 처진 목소리로 대답했지.

"내가 작은 선물을 가져왔어."

푸가 들뜬 목소리로 크게 외쳤어.

"선물은 벌써 받았는걸."

이요르가 말했지.

푸는 첨벙첨벙 시내를 건너서 이요르에게 다가왔고, 피글렛은 좀 멀찌감치 앉아서 앞발 사이에 얼굴을 파묻고 혼자 조용히 코를 훌쩍거리고 있었어.

"이건 제법 쓸모 있는 단지야. 자, 받아. 위에는 '생일 축하해. 사랑하는 푸가.'라고 썼어. 봐 봐. 이 글자들이 다 그런 뜻이야. 그리고 이 단지에다가 네 물건을 보관하면 돼. 자, 받아!"

푸가 말했어.

이요르는 단지를 보더니 흥분한 듯한 목소리로 말했어.

"우아~! 내 풍선을 이 단지에 넣으면 딱 맞겠는데!"

"아니, 안 돼! 이요르, 풍선은 너무 커서 단지에 안 들어가. 풍선은 단지에 넣는 게 아니고, 손에 쥐고서……."

"내 건 안 그래."

이요르가 우쭐거리며 말하더니 피글렛을 불렀어.

"피글렛, 여기 좀 봐 봐!"

그 말에 피글렛이 슬픈 표정으로 고개를 돌리자, 이요르는 일부러 보여 주려는 듯 이빨로 풍선을 물어 올리더니 조심스럽게 단지에 넣었어. 그러고는 그 풍선을 단지 밖으로 다시 꺼내서 땅바닥에 놓았다가, 또 한 번 물어 올려 조심스럽게 단지에 집어넣었지.

"정말이네! 풍선이 들어가잖아!"

푸가 신기하단 듯이 말했어.

"우아~, 정말이다! 그리고 풍선이 다시 나오기도 하는데!"

피글렛도 외쳤어.

"그렇지? 풍선도 다른 것들처럼 들어갈 수도 있고 나올 수도 있어!"

이요르도 외쳤지.

"무엇인가를 넣어 둘 수 있는 쓸모 있는 단지를 선물하게 되어 정말 기뻐."

푸는 정말 기뻐했어.

"나도 정말 기쁜걸. 쓸모 있는 단지에 넣어 둘 수 있는 뭔가를 줄 수 있었으니 말이야."

피글렛도 아주 기뻐했지.

하지만 그런 말들은 이요르의 귀에 전혀 들리지 않았어. 이요르는 풍선을 단지에서 꺼냈다 다시 넣었다 하느라 무척 바빴거든……. 이요르가 이렇게 행복해했던 적이 또 있었나 싶어.

"그런데 그날 저는 이요르한테 아무것도 주지 않았나요?"

크리스토퍼 로빈이 시무룩한 표정으로 물었다.

"물론 너도 줬지. 넌 이요르한테…… 기억 안 나니? 왜 그…… 조그만…… 조그만……."

"아, 맞다. 생각났어요. 저는 그림을 그릴 수 있게 물감 한 상자를 줬어요."

"맞아, 그랬지."

"그런데 왜 그걸 아침에 주지 않았죠?"

"넌 그날 아침에 이요르의 생일 파티 준비를 하느라 아주 바빴단다. 너는 이요르에게 설탕 옷을 입힌 케이크에 촛불도 세 개 꽂아 주고, 분홍색 설탕으로 이름도 장식해 주었어. 그리고……."

"맞아요, 기억나요."

크리스토퍼 로빈이 말했다.

7
숲의 새 식구가 된 캥거와 아기 루

아무도 그들이 어디서 왔는지 알지 못했지만, 언젠가부터 둘은 숲속에 들어와 살고 있었어. 캥거와 캥거의 아기인 루 말이야.

"저 둘은 어떻게 해서 여기에 왔지?"

한번은 푸가 크리스토퍼 로빈에게 물었어.

"여기 사는 모두가 다 거친 똑같은 방법으로 왔어. 푸, 내 말이 무슨 뜻인지 알겠어?"

크리스토퍼 로빈이 말했어.

푸는 무슨 뜻인지 몰랐지만 그냥 "아!" 하고 대답했지. 그리고 다시 고개를 두 번 끄덕인 다음 말했어.

"모두가 다 거친 똑같은 방법이었구나. 아하!"

그러고 나서 푸는 다른 친구들은 이 문제를 어떻게 생각하고 있는지 알아보려고 피글렛을 찾아갔어. 그런데 마침 피글렛의 집에 래빗이 놀

러와 있는 거야. 그래서 셋이 같이 이 문제에 관해 이야기했단다.

"내 마음에 들지 않는 건 이 부분이야. 여기에 우리가, 그러니까 푸, 피글렛 그리고 나 래빗이 먼저 평화롭게 살고 있었는데…… 난데없이…….”

래빗이 말했어.

"이요르를 빼먹었잖아.”

푸가 끼어들며 말했지.

"알았어. 그럼…… 이요르도 같이 살고 있었는데…… 난데없이…….”

래빗이 다시 말했어.

"아울도 있잖아.”

푸가 또 끼어들었어.

"그래, 아울도! 그런데 난데없이…….”

"아, 맞다. 이요르도 있네. 내가 깜빡했어.”

푸가 또 말했어.

"아, 알았어. 알았다고!”

래빗이 다시 처음부터, 아주 천천히, 또박또박 말하기 시작했어.

"그러니까 우리, 모두, 다 같이 여기에…… 살고 있었잖아. 그런데 어느 날 아침에 눈을 떠 보니까 난데없이 뭔가 이상한 녀석이 보였지? 그것도 전에 듣도 보도 못한 동물이! 앞주머니에 자기 가족을 넣고 다니는 이상한 동물이 말이야! 내가 우리 가족들을 다 주머니에 넣고 다닌다고 쳐 봐. 도대체 주머니가 몇 개나 필요하겠어?”

"열여섯 개."

피글렛이 대답했어.

"열일곱 개겠지? 그렇지 않아? 거기다가 손수건 넣을 주머니까지 하나 더 더하면…… 열여덟 개가 필요하겠네. 옷 한 벌에 주머니를 열여덟 개나 달아야 하는데, 내가 그럴 시간이 어디 있어?"

래빗이 계속 말했단다.

그러고는 셋 다 무슨 생각을 하는지 한동안 정적이 흘렀어.

그러다가 몇 분 동안이나 얼굴을 잔뜩 찌푸린 채 무슨 생각인지를 골똘히 하고 있던 푸가 마침내 입을 열었어.

"내 계산으로는 열다섯 개인데."

"뭐라고?"

래빗이 물었지.

"열다섯 개라고."

푸가 대답했어.

"뭐가 열다섯 개라는 거야?"

"너희 가족 말이야."

"우리 가족이 어떻다고?"

래빗이 물었어.

푸는 앞발로 코를 한 번 쓱 문지르고 나더니, 래빗이 지금 가족이 몇 명인지에 대해 얘기하고 있는 줄 알았다고 말했어.

"내가 그랬다고?"

래빗이 심드렁하게 대꾸했어.

"응, 네가 아까…….”

"푸, 그게 중요한 게 아니야! 지금 문제는 캥거를 어떻게 하느냐는 거지.”

피글렛이 참다못해 끼어들었단다.

"아, 그렇구나.”

푸가 수긍하고 입을 다물었어.

"가장 좋은 방법은 이거야. 아기 루를 훔쳐다가 캥거 몰래 감추어 놓는 거야. 그런 다음 캥거가 '아기 루가 어디 갔지?'라고 말하면, 우리 가 다 같이 '아하!'라고 외치는 거지.”

래빗이 이렇게 말했어.

"아하!”

푸는 한 번 외쳐 보고는 연습을 하듯 계속 '아하! 아하!' 하고 반복했 어. 그러다가 자신의 생각을 말했지.

"그런데 아기 루를 훔치지 않아도 '아하!'라고 할 수 있잖아.”

"푸, 넌 정말 머리가 나쁘구나.”

래빗이 애써 부드럽게 말했어.

"나도 알아.”

푸가 순순히 인정하듯 답했어.

"우리가 '아하!'라고 말하는 건, 아기 루가 어디 있는지 우리가 알고 있다는 걸 캥거에게 알려 주려는 거야. 그러니까 '아하!'는 '숲을 떠나서 다시는 되돌아오지 않겠다고 약속하면 아기 루가 어디 있는지 가르쳐 줄게.'라는 뜻이라고. 자, 지금부터 나는 생각을 좀 더 해볼 테니까 그동안은 떠들지 말아 줘!"

래빗이 말했지.

푸는 방 한구석으로 가서 래빗이 말한 뜻으로 들리게 말하려고 "아하!"를 연습했어. 그런데 연습을 하면 할수록 어떤 때는 래빗이 말한 뜻으로 들리기도 했지만, 어떤 때는 역시나 아닌 것 같기도 했어.

'지금은 그냥 연습하는 거야. 열심히 연습하다 보면 언젠간 그렇게 들리게 되겠지. 그런데 캥거도 이 말을 알아들으려면 나처럼 열심히 연습해야 하는 거 아닌가?'

푸는 속으로 이렇게 생각했어.

그때 피글렛이 초조한 듯 안절부절못하며 몸을 비비 꼬더니 이렇게 말했어.

"저기…… 딱 하나 걸리는 게 있어. 전에 크리스토퍼 로빈하고 이야기하다 들었는데, 캥거는 일반적으로 사나운 동물로 꼽힌대. 나도 보통 때는 사나운 동물이라고 해서 무섭고 그런 것은 아니지만, 사나운 동물이 제 새끼를 빼앗기면 평소보다 두 배로 더 사납게 변해 버린다고 해서 말이야. 그런 경우에 '아하!'라고 하는 건 아무래도 멍청한 짓인 것 같아서."

"피글렛, 너 정말 겁쟁이구나."

래빗이 연필을 꺼내서 끝에 침을 바르며 말했어.

"너는 잘 몰라. 나같이 몸집이 작으면 용기를 내는 게 쉽지 않다고."

피글렛이 살짝 훌쩍거리며 대꾸했어.

"피글렛, 네가 몸집이 작아서 우리가 펼칠 작전에서 매우 중요한 역할을 맡게 될 거야.”

뭔가를 부지런히 적고 있던 래빗이 고개를 번쩍 들더니 피글렛을 보면서 말했지.

피글렛은 자기가 매우 중요한 역할을 맡게 될 거라는 말에 너무도 흥분한 나머지 무서움 따위는 까맣게 잊어버리고 말았단다.

게다가 캥거는 겨울철에만 사나울 뿐이고 다른 계절에는 유순하고 다정다감한 성질을 가진 동물이라고 래빗이 덧붙여 말해 주자, 피글렛은 당장이라도 중요한 역할을 시작하고 싶어서 작은 엉덩이를 들썩거렸어.

“나는? 난 쓸모가 없는 거야?”

이번에는 푸가 풀 죽은 표정으로 물었어.

“너무 속상해하지 마, 푸. 너한테도 기회가 있을 거야.”

피글렛이 푸를 달랬어.

“푸가 없으면 우리 작전은 불가능할 거야.”

래빗이 연필을 깎으며 근엄하게 말했지.

"아!"

피글렛은 실망한 것처럼 보이지 않으려고 애를 쓰며 짧게 탄성을 내뱉었어. 반면, 푸는 의기양양한 표정으로 한쪽 구석으로 걸어가더니 혼잣말로 중얼거렸지.

"내가 없으면 불가능하다고! 난 바로 그런 곰이야."

그때 글을 쓰는 걸 마친 래빗이 말했어.

"자, 둘 다 잘 들어."

푸와 피글렛은 입을 헤벌리고서 래빗이 하는 말을 한마디라도 놓칠세라 귀 기울여 아주 열심히 들었지.

래빗이 읽어 준 내용은 이랬어.

아기 루 사로잡기 작전

1. 일반 주의 사항: 캥거는 우리 중 누구보다도, 심지어 나보다도 빨리 달림.

2. 추가 주의 사항: 캥거는 아기 루를 자기 주머니 속에 안전하게 넣은 다음 주머니를 꼭 닫을 때 말고는, 아기 루에게서 절대로 눈을 떼지 않음.

3. 따라서 아기 루를 사로잡으면, 캥거보다 앞서서 그 자리를 벗어나 멀리 달아나야 함. 캥거는 우리 중 누구보다도, 심지어 나보다도 빨리 달리기 때문임(1항 참조).

4. 첫 번째 고려 사항: 루가 캥거의 주머니에서 튀어나오면, 그때

피글렛이 재빨리 캥거의 주머니 속으로 뛰어 들어갈 것. 그래도 캥거는 루가 아니라는 것을 느끼지 못할 것임. 피글렛의 몸집이 아주 작기 때문임.

5. 아기 루처럼.

6. 그러나 피글렛이 들키지 않고 캥거의 주머니 속으로 뛰어 들어가려면, 캥거가 반드시 다른 곳을 보고 있어야 함.

7. 2항 참조.

8. 두 번째 고려 사항: 그러나 푸가 캥거에게 관심을 끌 만한 말을 건다면, 캥거가 잠시 다른 곳으로 눈을 돌릴 수도 있음.

9. 그러면 바로 그때, 내가 루를 데리고 도망가면 됨.

10. 재빨리.

11. 그러면 캥거는 한참 지나서야 자기의 주머니 속에 있는 애가 루가 아니라는 걸 알게 됨.

그렇게 래빗은 자신의 계획을 아주 자랑스럽게 읽어 내려갔어.

그런데 래빗이 다 읽고 나서도 한동안은 누구도 입을 열지 않았어.

그러다가 아무 소리도 내지 않고 입만 벌렸다 다물었다가 하면서 망설이던 피글렛이 잠긴 목소리로 간신히 말문을 열었어.

"그리고…… 그다음에는?"

"그다음이라니? 무슨 소리를 하는 거야?"

래빗이 반문했어.

"캥거가 아기 루가 없어진 걸 알게 된 다음에 말이야."

"그땐 우리 모두가 '아하!'라고 외치는 거지."

"우리 셋이 같이?"

"그래."

"아!"

"왜? 무슨 문제 있어, 피글렛?"

"아무것도 아냐. 우리 셋이 같이 말하는 거라면, 괜찮아. 하지만 나 혼자서 '아하!'라고 말해야 한다면 자신이 없거든. 그러면 소리도 거의 들리지 않아 효과가 없을 테고. 그건 그렇고, 래빗 네가 아까 한 겨울철 얘기는 확실한 거지?"

"겨울철 얘기?"

"응, 겨울철에만 사나워진다고 말한 거."

"아, 그럼, 그럼! 그건 문제없어. 어쨌든 푸, 너도 네가 뭘 해야 하는지 잘 알았지?"

"아니. 나는 아직 잘 모르겠는데. 내가 뭘 하면 돼?"

푸 베어가 말했어.

"그러니까 너는 캥거가 아무것도 눈치채지 못하게 아주 열심히 말을 시키면 되는 거야."

"아, 그런 거야? 그런데 무슨 말을 시켜야 돼?"

"아무거나 네가 좋아하는 걸로."

"그렇다면 캥거한테 시나 뭐 그런 거를 얘기해도 돼?"

"바로 그거야! 정말 훌륭해. 자, 이제 가자."

래빗의 말을 끝으로, 셋은 다 같이 캥거를 찾으러 밖으로 나갔단다.

캥거와 루는 숲의 모래밭에서 한가로운 오후 시간을 보내고 있었어.

아기 루는 모래 위에서 콩콩 뛰는 연습을 하면서 쥐구멍 속으로 들어 갔다 기어 나오고 다시 들어갔다 기어 나오는 것을 반복하고 있었어.

"아가야, 이제 딱 한 번만 더 뛰고 그만 가자. 집에 갈 시간이야."

캥거가 안절부절못하며 말했어.

바로 그때 누군가가 쿵쿵거리면서 모래밭으로 올라왔단다. 푸였지.

"안녕, 캥거!"

푸가 말했어.

"안녕, 푸!"

캥거가 대답했어.

"내가 얼마나 잘 뛰는지 봐요!"

루가 찍찍거리더니, 또 쥐구멍 속으로 뛰어 들어갔어.

"안녕! 귀여운 꼬마 친구, 루!"

푸가 다정하게 말했지.

"우린 막 집에 가려던 참이었어."

캥거가 말했어.

그때 다른 쪽으로 올라온 래빗과 피글렛이 캥거와 루에게 차례로
인사했어.

"안녕, 캥거! 안녕, 루!"

"어? 안녕, 래빗! 안녕, 피글렛!"

캥거도 래빗과 피글렛에게 인사했지.

루는 래빗하고 피글렛한테도 자기가 뛰는 모습을 봐 달라고 했어.
그래서 둘은 가만히 서서 그 모습을 봐 주었어.

물론 캥거는 그런 루에게서 한시도 눈을 떼지 않았지.

"아, 캥거. 그런데 있지…….."

래빗이 윙크 두 번으로 신호를 보내자, 푸가 입을 열었어.

"너 혹시 조금이라도 시에 관심 있니?"

"별로 없는데."

캥거가 말했어.

"아, 그래?"

"루! 아가야, 딱 한 번만 더 뛰고 집에 가는 거야."

루가 다시 쥐구멍으로 뛰어내린 사이에 짧은 침묵이 흘렀어.

"어서!"

래빗이 앞발로 입을 가리고 다 들릴 정도로 크게 재촉하자, 푸가 다시 시 얘기를 꺼냈어.

"시 이야기가 나와서 말인데……. 여기 오는 길에 짧은 시를 하나 지어 봤어. 이렇게 시작되는데, 들어 볼래? 음…… 그러니까……."

"근사하네."

캥거는 성의 없이 말하고는, 계속 루만 바라보았어.

"자, 루! 이제 그만……."

"캥거야, 너도 푸의 시를 들어 보면 좋아할 거야."

래빗이 옆에서 거들었지.

"푹 빠지고 말지."

피글렛도 말했어.

"그러려면 집중해서 열심히 들어야 돼."

래빗이 말했지.

"한마디라도 놓치면 아깝거든."

피글렛도 말했어.

"아, 그럴게."

캥거는 그렇게 대답했지만, 여전히 아기 루에게서 눈을 떼지 않았지.

"푸, 시작해 봐. 그 시, 시작이 어떻게 되더라?"

래빗이 물었어.

푸는 가볍게 헛기침을 하더니, 시를 읊어나가기 시작했단다.

머리가 아주 나쁜 곰이 지은 시

월요일, 해가 뜨겁게 내리쬐는 날이면,

나는 혼자서 많은 생각을 해.

'이게 사실일까, 사실이 아닐까?

무엇이 어떤 거고, 어떤 것이 무엇일까?'

화요일, 우박이 쏟아지고 눈이 내리는 날이면

자꾸만 그런 기분이 들어.

어느 누구도 잘 모르는 것 같은 그런 기분.

저것들이 이것들일까, 이것들이 저것들일까?

수요일, 하늘이 파랗게 펼쳐져 있는데

내가 달리 할 일이 없는 날이면,

나는 가끔 그게 사실일까 생각해.

누가 무엇이고, 무엇이 누구일까?

목요일, 얼음이 얼기 시작하고

나무 위에 서리가 반짝이는 날이면,

누구든 쉽게 알 수 있지.

이것들이 누구 것인지, 누구 것이 이것들인지를.

금요일, ⋯⋯

"그래. 이제 금요일인 거, 맞지?"

푸가 금요일에 무슨 일이 일어났는지 읊기 시작하려는데, 캥거는 들으
려고 하지도 않고 말했어.

"루! 딱 한 번만 더 뛰는 거야. 아가야, 이젠 정말 집에 가야 한다."

래빗은 서둘러서 계속 시를 읊으라는 듯 푸의 옆구리를 쿡 찔렀어.

"시 얘기가 나와서 말인데……. 캥거, 너 저기에 나무가 있다는 거 알고 있었어?"

푸가 재빨리 말했지.

"어디?"

캥거가 대충 대꾸를 하면서 아기 루를 재촉했어.

"자, 루야!"

"바로 저기……!"

푸가 캥거의 등 뒤를 가리켰어.

"아니, 몰랐어."

캥거는 푸에게 건성으로 대꾸하고서, 다시 루에게 말했어.

"자, 루! 아가야, 이제 안으로 들어오너라. 집에 가야지."

그러자 래빗이 끼어들었어.

"캥거, 네가 저기 있는 나무를 봐야 하는데. 루, 내가 너를 안아서 넣어 줄까?"

그러면서 래빗이 앞발로 루를 안아 올렸지.

"저 나무에 새가 앉아 있는 것이 보이네. 아니, 물고기인가?"

푸가 말했어.

"캥거야, 너도 저 새를 봐 봐. 아니, 물고기일지도 모르지만."

래빗이 말했어.

"물고기가 아닌 것 같은데. 저건 새야, 새."

피글렛도 말했어.

"그래, 새가 맞네."

래빗이 말했어.

"저 새가 찌르레기야, 아니면 개똥지빠귀야?"

푸가 물었단다.

"대단히 중요한 질문이야. 저 새가 찌르레기일까, 개똥지빠귀일까?"

래빗이 말했지.

그때 마침내 캥거가 고개를 돌려 뒤를 쳐다봤어. 캥거가 고개를 돌리는 순간 래빗이 큰 소리로 "자, 루! 들어가."라고 외쳤고, 피글렛이 캥거의 주머니 속으로 뛰어 들어갔지. 그러자 래빗이 앞발로 루를 안고 있는 힘껏 뛰어 그 자리에서 후다닥 달아났단다.

캥거가 이내 다시 고개를 돌리면서 물었어.

"아니, 래빗은 어디 갔어? 괜찮니, 아가야?"

피글렛이 캥거의 주머니 밑바닥에서 루처럼 찍찍 소리를 냈어.

"래빗은 갑자기 가 봐야 한다고 했어. 내 생각에는 뭔가 해야 할 일이 갑자기 생각났던 것 같아."

푸가 말했지.

"피글렛은?"

"피글렛도 그때 마침 뭔가 꼭 해야 할 일이 생각났던 것 같아, 갑자기."

"그래? 어쨌든 우리도 집에 가 봐야겠다. 잘 있어, 푸."

캥거가 인사를 하고는 겅중겅중 세 번을 뛰더니 푸의 눈앞에서 사라져 버렸어.

푸는 캥거의 뒷모습을 부럽다는 듯이 바라보며 생각했어.

"나도 저렇게 뛸 수 있다면 얼마나 좋을까. 누구는 뛸 수 있고, 누구는 못 뛰고. 원래 그렇지, 뭐."

반면, 피글렛은 문득문득 캥거가 이렇게 뛸 수 없다면 얼마나 좋을까 하고 바랐단다. 피글렛은 사실 숲에서 집으로 가는 길이 너무도 멀게 느껴질 때면, 날개가 있어서 새처럼 날아갈 수 있다면 얼마나 좋을까 하고 바라곤 했었지. 그런데 이제 캥거의 주머니 안에서 이렇게 정신없이 위아래로 마구 흔들리다 보니 그런 생각이 싹 사라져 버렸어. 그리고 짬이 나는 순간순간 속으로 간절히 바랐어.

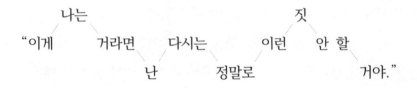

"이게 나는 거라면 난 다시는 정말로 이런 짓 안 할 거야."

피글렛은 위로 솟구치면서 이렇게 소리쳤어.

"우와아아아아아!"

136

아래로 내려앉으면서는 이렇게 소릴 질렀고.

"아야! 아야!"

캥거네 집에 도착할 때까지 피글렛은 내내 소리를 질러 댔어.

"우와아아아아! 아야! 우와아아아아! 아야! 우와아아아아! 아야!"

물론 캥거는 주머니를 열어 보자마자 무슨 일이 생겼는지 이내 사태를 파악했어. 그리고 아주 잠깐은 겁에 질린 것도 사실이지만 곧 평정을 찾았어. 크리스토퍼 로빈이 절대 루한테 나쁜 일이 생기도록 내버려 두지는 않을 거라고 확신하고 있었으니까.

그래서 캥거는 속으로 생각했지.

'나한테 장난을 걸어왔다 이거지. 어디, 그렇다면 나도 똑같이 장난을 쳐야지.'

캥거가 주머니에서 피글렛을 꺼내며 말했어.

"자, 루! 아가야, 잘 시간이다."

"아하!"

피글렛은 무시무시한 여행을 끝낸 뒤라 충격이 아직 채 가시지 않은 상태였지만 최대한 용기를 내어 힘차게 말했어.

하지만 그 "아하!"가 별로 신통치 않았는지, 무슨 뜻인지 캥거가 전혀 알아듣지 못하는 눈치였어.

"우선 목욕부터 해야지, 아가!"

캥거가 명랑한 목소리로 말했지.

"아하!"

피글렛은 다시 한번 말했어. 그러면서 다른 친구들이 있는지 보려고 불안한 마음으로 주위를 두리번거렸어. 하지만 주위에는 아무도 보이지 않았지.

래빗은 자기 집에서 아기 루와 놀고 있었는데, 금세 루의 귀여움에 흠뻑 빠져 같이 노느라 정신이 없었어. 그리고 푸는 캥거처럼 되겠다고 마음먹고서 뛰는 연습을 하느라 아직도 모래밭에 남아 있었거든.

"루, 오늘 밤엔 찬물로 목욕해도 그리 나쁘지 않을 것 같아. 아가야, 찬물로 목욕할래?"

캥거가 짐짓 배려하는 척하며 말했어.

어떤 목욕이든 절대로 좋아해 본 적이 없는 피글렛은 어찌할 바를 몰라 부르르 몸서리를 쳤어. 그리고는 한껏 용기를 내어 말했지.

"캥거, 이제 '몰직히 살해야'('솔직히 말해야' : 피글렛은 당황하면 발음이 꼬인다. ─ 옮긴이) 할 때가 된 것 같아."

"어머! 우리 루가 막 장난도 치네."

캥거가 목욕물을 준비하며 말했어.

"난 루가 아니야. 난 피글렛이라고!"

피글렛이 소리쳐 말했어.

"그래 알았어, 아가야. 목소리까지 피글렛 흉내를 내고 있구나! 어쩌면 요렇게 똑똑한지!"

캥거가 계속 모른 척하며 어르듯이 말했어.

"그다음엔 뭘 할까?"

캥거는 찬장에서 큼지막한 노란색 비누를 꺼내며, 피글렛을 계속 골려 주었지.

"내가 안 보여? 눈도 없어? 날 좀 보라고!"

피글렛이 크게 소리를 질렀어.

"지금 보고 있잖니, 아가야."

이렇게 대꾸한 캥거는 말투를 갑자기 엄한 톤으로 바꾸더니, 계속 말을 이어갔어.

"어제 엄마가 인상 쓰면 어떻게 된다고 그랬지? 그렇게 피글렛처럼 인상 쓰고 다니면 이다음에 커서 정말 피글렛 얼굴처럼 되고 말 거야. 그러면 그때 가서 얼마나 후회할지 생각해 봐. 다시는 엄마가 이런 얘길 꺼내는 일이 없었으면 좋겠다. 자, 이제 물에 들어가렴."

피글렛은 자기가 어디에 있는지 알아채기도 전에 목욕통 안에 들어가 있었어. 그리고 캥거는 큼지막한 수건에 비누 거품을 잔뜩 내어 피글렛의 몸을 박박 문질러 댔지.

"아야! 나 좀 꺼내 줘! 난 피글렛이라고!"

피글렛이 마구 소리를 질렀어.

"입을 벌리면 안 돼, 아가야. 입속에 비누 거품 들어가잖니. 그거 봐라! 엄마가 뭐라고 그랬니?"

"아…… 푸푸, 너…… 일부러 그랬지?"

피글렛은 바글바글한 거품을 내뿜으면서 이렇게 말했어. 그러다가 또 어쩌다 보니 비누 거품이 잔뜩 묻은 수건이 입안에 쑤셔 박혔어.

"옳지! 아가야, 목욕할 때는 입을 다물고 있어야지."

캥거가 말했어. 그러더니 캥거는 순식간에 목욕통에서 피글렛을 꺼내 수건으로 물기를 닦아 주었어.

"자, 이제 약을 먹고 자자꾸나."

"무…… 무…… 무슨 약?"

"키도 훌쩍 커지고 몸도 튼튼하게 해 주는 약이란다, 아가야. 이다음
에 자라서 피글렛처럼 쪼끄맣고 골골거리고 싶지는 않지, 그렇지? 자,
그럼!"

바로 그때 누군가가 문을 두드렸어.

"들어오세요."

캥거가 대답하자마자 크리스토퍼 로빈이 들어왔단다.

"크리스토퍼 로빈, 크리스토퍼 로빈! 캥거한테 내가 누구인지 말 좀
해 줘! 캥거가 나더러 계속 루래. 난 루가 아니지, 그렇지?"

피글렛이 울상을 지으며 소리쳤어.

"네가 루일 리는 없지. 내가 방금 래빗네 집에서 루가 놀고 있는 걸

보고 왔으니까."

크리스토퍼 로빈은 피글렛을 찬찬히 살펴본 후 고개를 가로저었어.

"어머나! 이를 어쩌지! 내가 이런 실수를 하다니!"

캥거가 말했지.

"그것 봐! 내가 그랬잖아. 난 피글렛이라고!"

피글렛이 말했어.

"아, 넌 피글렛이 아니야. 내가 피글렛을 잘 아는데, 피글렛은 색깔이 이렇지 않아."

피글렛의 말에, 크리스토퍼 로빈이 다시 고개를 가로저으며 말했어.

피글렛은 지금 막 목욕을 해서 그렇다고 말을 하려다가 그런 얘기는 하지 않는 게 낫겠다고 생각하고 뭔가 딴 얘기를 하려고 입을 벌렸는데, 그 순간 캥거가 약숟가락을 피글렛의 입에 쑤셔 넣는 거야. 그러고는 등을 톡톡 두드리면서 말했어.

"처음이라 그렇지, 약도 먹어 버릇하면 꽤 맛이 괜찮아."

그러고는 크리스토퍼 로빈에게 천연덕스럽게 물었지.

"애가 피글렛이 아니라는 건 알았어. 그렇다면 애는 누구지?"

"아마 푸네 친척인 거 같아. 조카나 삼촌, 뭐 그런 거 아닐까?"

캥거의 말에 크리스토퍼 로빈이 시치미를 떼고 말했어.

그러자 캥거가 그럴 것 같다고 맞장구를 치면서, 어쨌든 부를 이름을 붙여 주자고 했어.

"푸텔이라고 부르면 어떨까? 원래는 헨리 푸텔인데, 줄여서 푸텔이라고 부르자고."

크리스토퍼 로빈이 말했지.

그렇게 이름이 지어지는 순간, 버둥거리던 헨리 푸텔은 캥거의 팔에서 재빨리 빠져나와 바닥으로 뛰어내렸어.

천만다행으로 크리스토퍼 로빈이 들어오고 나서 문을 닫지 않아, 헨리 푸텔 피글렛은 자기 집 코앞에 닿을 때까지 한 번도 쉬지 않고 내달렸어. 태어나서 그렇게 빨리 달려 본 건 그때가 아마 처음일 거야.

그러다가 집 앞까지 100미터 정도를 남겨 두고는 달리기를 멈추고 우뚝 멈춰 서더니, 거기서부터 나머지 길은 데굴데굴 굴러갔어. 자신만의 피부 색깔을 되찾으려고 말이야……

그래서 캥거와 루는 숲에서 살게 되었어. 그리고 매주 화요일이 되면 루는 절친한 친구가 된 래빗과 같이 놀았고, 캥거는 절친해진 친구 푸에게 뛰는 법을 가르쳐 주면서 하루를 보냈어. 또한 피글렛도 화요일마다 원래 절친했던 친구 크리스토퍼 로빈과 함께 즐거운 하루를 보냈지. 그래서 모두가 다 같이, 다시 행복하게 살게 되었단다.

8
북극 탐험에 나선 친구들

　어느 화창한 날에 푸는 친구인 크리스토퍼 로빈이 도대체 곰들한테 관심이 있기나 한 건지 알아보려고 '쿵쿵쿵쿵' 소리를 내며 숲 꼭대기로 올라갔단다.

　그날 아침밥(한 개인가 두 개인가의 벌집에 마멀레이드를 얇게 바른 간단한 것)을 먹는데, 푸의 머릿속에 갑자기 새로운 노래 하나가 떠올랐어. 이렇게 시작되는 노래야.

　　　"노래해요, 호! 곰의 삶을 위해!"

여기까지 부르고 나서 푸는 머리를 긁적이면서 생각했어.

'이 노래의 시작은 정말 근사한데, 다음 소절은 어떻게 하지?'

푸는 두세 번 더 '호'를 넣어 노래해 보았지만 그리 탐탁지 않은 거야.

'그렇다면 '호' 대신 '하이! 곰의 삶을 위해!'라고 노래하는 게 더 나으려나?'

그래서 푸는 그렇게 불러 보았지만…… 그것도 별로 마음에 들지 않았어.

'좋아! 그렇다면 말이지, 우선 첫 소절을 두 번 반복해서 빠르게 불러 봐야겠어. 그러다 보면 생각할 틈도 없이 셋째 소절이랑 넷째 소절이 저절로 입에서 나올지도 몰라. 그러면 멋진 노래가 만들어질 거야. 자, 해 볼까? 시작~!'

> 노래해요, 호! 곰의 삶을 위해!
> 노래해요, 호! 곰의 삶을 위해!
> 비가 와도 눈이 내려도 난 괜찮아,
> 멋진 내 코 위에 꿀이 잔뜩 묻었으니까!
> 눈이 와도 눈이 녹아도 난 괜찮아,
> 멋지고 깨끗한 내 앞발에 꿀이 잔뜩 묻었으니까!
> 노래해요, 호! 곰을 위해!
> 노래해요, 호! 곰을 위해!
> 이제 한두 시간만 지나면 난 '뭔가 좀' 먹을 거야!

푸는 이 노래가 아주 마음에 들었어. 그래서 줄곧 이 노래를 부르면서 숲 꼭대기까지 올라갔단다.

"이 노래를 계속 부르다 보면 '뭔가 좀'을 먹을 시간이 될 텐데, 그러면 '이제 한두 시간만 있으면 난 뭔가 좀 먹을 거야!'라는 마지막 소절의 가사가 사실과 달라질 거란 말이지."

그래서 푸는 마지막 소절을 콧노래로 바꿔 불렀단다.

푸가 숲 꼭대기에 도착했을 때 크리스토퍼 로빈은 집 앞에 앉아서 커다란 장화를 신고 있었어. 푸는 커다란 장화를 보자마자 곧 모험이 시작되려 한다는 걸 알아챘지. 그래서 무슨 일이라도 할 준비가 되어 있는 것처럼 보이려고 앞 발등으로 코에 묻은 꿀을 닦아 내고, 할 수 있는 한 단정하게 매무새를 다듬었단다.

"안녕, 크리스토퍼 로빈!"

푸는 큰 소리로 활기차게 인사했어.

"안녕, 푸 베어! 장화를 못 신겠어."

"저런! 어떡해?"

"내 등을 좀 받쳐 줄래? 장화를 신으려고 세게 잡아당기면 자꾸 뒤로 넘어지거든."

푸는 크리스토퍼 로빈과 등을 맞대고 앉아, 발을 땅에 박아 지탱하면서 있는 힘껏 크리스토퍼 로빈의 등을 밀었어. 크리스토퍼 로빈도 푸의 등을 힘껏 밀면서 장화를 잡아당기고 잡아당겨 마침내 장화를 신었어.

"이건 됐고, 이제 우리 뭐 하는 거야?"

푸가 기대에 가득 찬 얼굴로 물었지.

"우리 모두 탐험에 오르는 거야."

크리스토퍼 로빈은 자리에서 일어나 옷을 털었어.

"고마워, 푸."

"타멈(푸가 '탐험'을 잘못 알아들었다. - 옮긴이)에 오른다고? 난 그런 거에 올라가 본 적이 없는 것 같아. 그 타멈에 올라서 어디로 가는 거야?"

푸가 눈을 반짝이며 물었어.

"탐험이라니까. 이 미련탱이야, 중간에 '히읗'이 들어 있다고."

"아! 나도 알고 있었어."

푸는 이렇게 대답했지만, 사실은 무슨 말인지 전혀 알지 못했어.

"우린 북극을 발견하러 가는 거야."

크리스토퍼 로빈이 말했지.

"아!"

푸가 다시 한번 외치고는, 조금 있다 소심하게 물었단다.

"그런데 북극이 뭐야?"

"그건 그냥 우리가 발견하면 되는 거야."

크리스토퍼 로빈은 별거 아니라는 듯이 말했어.

사실 크리스토퍼 로빈도 북극이 뭔지 잘 몰랐거든.

"아, 그렇구나! 그런데 곰들도 그걸 발견하는 데 쓸모가 있을까?"
푸가 물었어.

"물론이지. 래빗이랑 캥거랑 너희들 모두가 다 필요해. 탐험이 바로
그런 뜻이거든. 모두들 일렬로 길게 줄을 지어서 떠나는 거야. 나는
가서 내 총에 이상이 없나 살펴보고 올 테니까, 너는 다른 친구들한테
가서 준비하고 나오라고 알려 주면 좋겠어. 올 때 다들 각자 '식량'을
챙겨 오라고 말해 줘."

"뭘 챙겨 오라고?"

"먹을 거 말이야."

"아! 나는 네가 '식량'이라고 말하는 줄 알았어. 그럼 가서 친구들한
테 얘기할게."

푸는 '먹을 거'라는 말에 금세 기분이 좋아져서 환한 얼굴로 말한
다음, 쿵쿵거리면서 가볍게 길을 나섰어.

푸가 처음 만난 친구는 래빗이었어.

"안녕, 래빗! 너 맞지?"

푸가 인사를 했어.

"아닌 척해 볼까? 그러면 어떤 일이 일어나는지 보게……."

래빗이 혼잣말처럼 중얼거렸어.

"내가 래빗한테 전해 줄 말이 있거든."

"아, 그래? 내가 대신 래빗한테 전해 줄게."

"우리 모두 크리스토퍼 로빈하고 같이 '타멈'에 오를 거야."

"그게 뭔데, 거기에 올라가?"

"보트 같은 건가 봐."

푸가 대충 둘러대며 말했어.

"아! 그런 거구나!"

"응. 그리고 우리는 '극'인가 뭔가를 발견할 거래. 아니, '국'이라고 했던가? 아무튼 그런 걸 발견하러 가는 거래."

"그래? 그런데 우리라고?"

래빗이 물었어.

"그래. 그리고 또 모두 그 '식……' 뭔가 하는 먹을 걸 챙겨 오랬어. 이따 배가 고프면 먹어야 한다고. 이제 난 피글렛네 집에 가 봐야겠어. 너는 캥거한테 말해 줄 수 있지?"

푸는 래빗과 헤어져서 서둘러 피글렛네 집으로 달려갔어.

피글렛은 집 앞의 마당에 앉아서 행복해하는 얼굴로 민들레 홀씨를 입으로 불어 날리고 있었어. 그러면서 피글렛은 '그 일이 올해 된다,

내년에 된다, 아니면 언젠가 다른 날에 된다, 그것도 아니면 절대 안 된다……'를 알아보고 있었어. 그런데 방금 전에 '절대 안 된다.'는 결과가 나왔는데, 아무리 생각해도 '그 일'이 무엇이었는지 도통 기억이 나질 않는 거야. 그래서 '그 일'이 뭔지는 몰라도 좋은 건 아니었으면 좋겠다고 생각하고 있었어. 그때 푸가 찾아온 거야.

"아! 피글렛, 우린 '타멈'에 오르는 거야. 우리 모두가, 먹을 걸 챙겨 가지고 뭔가를 발견하러 간대."

푸가 신이 나서 말했어.

"뭘 발견하러?"

피글렛이 걱정스레 물었어.

"아! 그냥 뭔가 있다던데."

"사나운 건 아니지?"

"크리스토퍼 로빈은 사납다는 얘기는 한마디도 안 했어. 그냥 '히웅' 이 들어간다고만 하던데."

"내가 걱정하는 건 혀가 아니라 이빨이야. 하지만 크리스토퍼 로빈이 랑 간다면 아무 상관없어."

피글렛이 매우 진지하게 말했단다.

조금 뒤 모두가 준비를 마친 다음 숲 꼭대기에 모였고, 그날의 '타멈'
이 시작되었어. 맨 앞에는 크리스토퍼 로빈과 래빗이 섰고, 다음에는
피글렛과 푸가 섰지. 그 뒤에는 주머니에 루를 넣고 온 캥거하고 아울이
섰고, 다음에는 이요르가, 그리고 맨 뒤에 래빗의 친구와 친척들이 주욱
늘어섰어.

"난 오라고 하지 않았는데, 그냥 자기들이 온 거야. 쟤들은 항상
저런다니까. 이요르 뒤에 서서 따라오면 별문제 없겠지?"

래빗이 심드렁하게 설명했어.

"그러면 도무지 안정이 되지 않는단 말이야. 나는 이 '타……' 뭐라
나, 그러니까 푸가 말한 거 위에는 오르고 싶지 않았어. 그냥 꼭 와
달라고 해서 온 것일 뿐이야. 하지만 이왕에 나는 여기 왔으니까, 이
'타……' 뭐라나 하는 것에 줄을 서야 한다면, 내가 맨 끝에 섰으면
했어. 그런데 만약에 내가 잠시 앉아서 쉬려고 할 때마다 우선 반 다스
는 되는 조그만 래빗의 친구와 친척들을 밀어내야 한다면, 그게 뭐든

간에 그건 '타……' 뭐라나가 아니라 혼란스러운 소란일 뿐이라고. 이게 내가 하려는 말이야."

이요르가 말했지.

"이요르가 하는 말이 무슨 뜻인지 알겠어. 나한테 부탁하는……."

아울이 말했어.

"난 누구한테도 부탁하는 게 아냐. 난 그저 모두에게 말하는 거라고. 북극인지 뭔지를 찾으러 가든, 아니면 개미집 구멍에서 '다 함께 도토리랑 산사나무 열매를 주우러 가기' 놀이를 하다가 집으로 돌아가든, 나한테는 마찬가지야."

이요르가 말했어.

그때 줄의 맨 앞에서 크게 외치는 소리가 들려왔어.

"출발!"

크리스토퍼 로빈이 외쳤어.

"출발!"

푸와 피글렛도 외쳤어.

"출발!"

아울도 따라서 외쳤지.

"출발하나 봐. 난 가 봐야겠어."

래빗은 이렇게 말한 다음 '타멈대'의 맨 앞으로 후닥닥 뛰어가, 크리스토퍼 로빈의 옆에 나란히 섰어.

"좋아, 가는 거야. 나한테 뭐라고 하지만 마."

이요르가 말했어.

　그래서 모두가 그 극을 발견하러 떠났단다. 그리고 걸어가는 동안 다들 재잘재잘 떠들어 대느라 바빴어. 푸만 빼고. 푸는 노래를 짓고 있었거든.

　"이게 1절이야."

　한참 깊은 생각에 빠져 있던 푸가 피글렛한테 말했지.

　"무슨 1절?"

　"내 노래."

　"무슨 노래?"

　"이 노래."

　"그게 뭔데?"

　"저기……, 피글렛. 귀 기울여서 잘 들어 보면 알게 될 거야."

　"내가 듣는지 듣지 않는지, 네가 어떻게 알아?"

　푸는 무어라 대답을 하려고 했지만, 적당한 대답이 생각나지 않아서 그냥 노래를 부르기 시작했어.

모두 함께 극을 발견하러 떠난다네.
아울과 피글렛과 래빗과 모두 함께.
그건 그냥 우리가 발견하면 되는 거라네.
아울과 피글렛과 래빗과 모두 함께,
이요르와 크리스토퍼 로빈과 푸도 함께,
그리고 래빗의 친척들도 모두 함께 떠난다네.
극이 어디에 있는지는 아무도 모른다네.
노래해요, 헤이! 아울과 래빗과 모두를 위해!

"쉿! 지금 위험 지역에 가까이 가고 있어."
그때 크리스토퍼 로빈이 푸를 돌아보며 손짓했어.

"쉿!"

푸가 잽싸게 피글렛을 돌아보며 말했어.

"쉿!"

피글렛은 캥거에게 전했어.

"쉿!"

캥거도 아울한테 전했지.

그러자 아기 루도 가만히 중얼거렸어.

"쉿! 쉿! 쉿!"

아무에게도 안 들리게 작은 소리로 몇 번이나 혼자 말하고 또 말했지.

"쉿!"

아울은 이요르에게 전했어.

"쉿!"

그러자 이요르는 겁이라도 주려는 듯 낮게 가라앉은 목소리로 래빗의 친구와 친척들 모두에게 말했어.

래빗의 친구와 친척들도 줄줄이 "쉿!"이라고 재빨리 전했단다. 래빗의 친구와 친척들 중 맨 끝에서 가던 가장 몸집이 작은 아이는 '타멈대' 전체가 자기를 돌아보고 "쉿!"이라고 하자 너무나 당황한 나머지, 땅바닥의 움푹하게 팬 곳에 고개를 처박고 엎드렸어.

그리고는 위험이 사라질 때까지 그곳에서 꼼짝도 안 하고 꼬박 이틀을 있다가, 나오자마자 허둥지둥 집으로 돌아가서 같이 살던 친척 아주머니와 함께 오래오래 조용히 살았대. 그 애 이름은 알렉산더 비틀('비틀'은 '딱정벌레'라는 뜻. ─ 옮긴이)이었어.

　'타멈대'는 높게 솟은 울퉁불퉁한 바윗돌들 사이로 세차게 굽이쳐 흐르는 시내에 다다랐는데, 크리스토퍼 로빈은 시내를 보자마자 그곳이 얼마나 위험한지를 알아차렸어.

　"이런 데가 '기습'하기에 딱 좋은 곳이야."

　크리스토퍼 로빈이 설명해 주었어.

　"무슨 숲이라고? 가시금작화 숲?"

　푸가 피글렛한테 귓속말로 속삭이듯 물었어.

　"이런! 푸, 너 '기습'이 뭔지 모르는 거야?"

　아울이 특유의 거들먹거리는 말투로 끼어들었지.

　"아울, 푸가 나만 들으라고 귓속말로 한 거잖아. 굳이 네가 나설 필요는……."

　피글렛이 아울을 쏘아보았어.

　"그러니까 '기습'이란 말이지, 말하자면 깜짝 놀라게 하는 거지."

　아울은 들은 체도 하지 않고 말했어.

　"가시금작화 숲도 그럴 때가 있는데."

　푸가 중얼거렸어.

　"내가 푸에게 설명하려고 했는데, '기습'은 말하자면 깜짝 놀라게 하는 거야."

피글렛이 말했지.

"만약에 누군가가 네 앞에 불쑥 튀어나오면 그게 '기습'이라고."

아울이 말했어.

"푸, '기습'이란 누군가가 네 앞에 불쑥 튀어나오는 거야."

피글렛도 똑같이 설명했어.

이제 '기습'이 무엇인지 알게 된 푸가 말하기 시작했어. 언젠가 자기가 나무에서 떨어졌는데, 그때 갑자기 가시금작화 숲이 튀어나와서 온몸에 들러붙어, 가시를 전부 떼어 내는 데 꼬박 엿새나 걸렸다고 말이야.

"우리는 지금 가시금작화 숲을 얘기하는 게 아니잖아!"

아울이 짜증 난다는 듯 말했지.

"난 그 얘기를 하고 있는 건데."

푸가 말했어.

'타멈대'는 바위를 넘고 또 넘어서 조심스럽게 시내를 거슬러 올라가고 있었는데, 얼마 가지 않아서 시냇가 양옆이 점점 넓어지더니 모두가 앉아서 쉴 수 있을 만큼 평평하고 기다란 풀밭이 나타났지.

크리스토퍼 로빈은 풀밭을 보자마자 "정지!" 하고 외쳤고, 다 같이 그곳에 앉아 쉬었단다.

"짐을 줄이려면 지금 각자 챙겨 온 '식량'을 다 먹어야 할 것 같아."

크리스토퍼 로빈이 말했어.

"우리가 챙겨 온 뭐를 먹는다고?"

푸가 물었어.

"우리가 가지고 온 먹을 거 말이야."

피글렛은 이렇게 말하고 나서 가져온 것을 먹기 시작했어.

"정말 좋은 생각이야."

푸도 가져온 것을 먹기 시작했지.

"너희들 모두 뭔가 갖고 왔겠지?"

크리스토퍼 로빈이 먹을 것을 한입 가득 물고 우물거리면서 말했어.

"나만 빼고 다 가져왔네. 늘 그렇지만……."

이요르가 우울한 표정으로 말하며 주변을 두리번거렸어.

"그런데 혹시라도 엉겅퀴 위에 앉거나 한 애는 없겠지?"

"어, 내가 그런 것 같은데. 아야!"

이요르의 말에 푸가 대답했어.

"어우, 맞네 맞아! 역시 그런 것 같더라니까."

푸가 벌떡 일어나서 자기 엉덩이를 돌아보며 말했어.

"고마워, 푸. 괜찮다면 옆으로 좀 비켜 줄래."

이요르가 말했어.

그러더니 이요르는 푸가 앉았던 자리로 가서 엉겅퀴를 먹기 시작했어.

"거 말이지, 이렇게 풀 위에 털썩 앉아 버리면 풀이 다 엉망이 되고 말아."

이요르가 엉겅퀴를 우적우적 씹으면서 푸를 올려다보았어.

"원래 싱싱했는데, 이렇게 다 시들어 버리잖아. 이다음엔 한 걸음 멈춰 서서 잠깐만 생각해 봐. 조금만 배려하고, 조금만 남을 위해 생각하면 많은 게 달라질 거야."

이요르가 엉겅퀴를 삼킨 다음 말했어.

점심을 먹자마자 크리스토퍼 로빈은 래빗한테 귓속말로 속닥거렸어.

"응, 알았어. 물론이지."

래빗이 대답했어.

그러더니 둘은 시내를 좀 더 거슬러 올라갔어.

"다른 애들이 들으면 좋지 않을 것 같아서 말이야."

크리스토퍼 로빈이 말했어.

"그건 그렇지."

래빗이 우쭐해하며 대꾸했지.

"그게…… 내가 궁금한 건…… 그러니까…… 래빗. 너도 모를지 모르지만, 북극이 어떻게 생겼는지 알아?"

"글쎄……. 지금 나한테 묻고 있는 거, 맞지?"

래빗이 수염을 쓰다듬으며 말했어.

"사실 전에는 알았는데, 지금은 잊어버린 것 같아서 그래."

크리스토퍼 로빈이 별로 큰 문제가 아니라는 듯 말했어.

"그것 참 이상한 일이네. 나도 전에는 알았지만 지금은 잊어버린 것 같거든."

래빗이 말했어.

"내 생각엔 그냥 땅에 박혀 있는 막대기가 아닐까 싶어."

크리스토퍼 로빈이 말했지.

"확실히 막대기는 막대기야. 이름('북극'이 영어로 '노스 폴[North Pole]'인데, '노스'는 '북쪽', '폴'은 '막대기'라는 뜻이다. ― 옮긴이)이 그렇잖아. 그리고 그게 막대기라면, 어쨌든 땅에 박혀 있다고 봐야겠지. 안 그래? 땅 말고 막대기를 박을 수 있는 데는 없을 테니까."

래빗이 맞장구를 쳤어.

"그래, 나도 그렇게 생각했어."

"이제 남은 문제는…… 막대기가 어디에 박혀 있는지를 알아내는 거야."

크리스토퍼 로빈이 안도하는 듯한 말투로 말하자, 래빗이 결정하듯 말했어.

"그래서 우리가 찾으러 온 거잖아."

크리스토퍼 로빈이 말했어.

둘은 그렇게 대화를 마치고 일행이 있는 곳으로 돌아갔어. 피글렛은 바닥에 드러누워 세상모르게 편안한 모습으로 자고 있었고, 루는 시냇물에 얼굴이랑 앞발을 씻고 있었어. 캥거는 루가 태어나서 처음으로 저 혼자 세수를 하고 있다고 모두에게 자랑을 늘어놓고 있었지. 아울은 캥거에게 재미있는 이야기를 들려준다면서 백과사전이 어떠니 진달래속 식물이 어떠니 하며 어려운 단어들을 잔뜩 섞어서 열심히 떠들어 댔지만, 캥거는 듣고 있지 않았단다.

"난 저런 식으로 씻는 건 정말이지 이해가 안 돼. 현대식이라느니 하면서 귀 뒤쪽을 씻으라니. 푸, 너는 어떻게 생각해?"

이요르가 투덜거렸어.

"글쎄요, 내 생각에는……."

하지만 우리는 푸가 무슨 생각을 했는지 영영 듣지 못할 거 같아. 그때 갑자기 '첨벙' 하고 누군가가 물에 빠지는 소리가 나더니, 찍찍거리는 루의 소리와 함께 캥거가 다급하게 지르는 비명이 들려왔거든.

"씻는 일이 지나쳤군."

이요르가 말했지.

"루가 빠졌다!"

래빗이 소리치면서, 크리스토퍼 로빈과 함께 루를 구하려고 허겁지겁 달려왔어.

"내가 수영하는 것 좀 보세요!"

루는 웅덩이 한가운데에서 찍찍거리더니, 금세 물살에 휩쓸려 폭포로 떠밀려갔다가 거기서 다시 웅덩이로 떠내려갔단다.

"루! 아가야, 괜찮니?"

캥거가 안절부절못하며 소리쳤어.

"네! 내가 수영하는 것 좀 보……."

루는 다시 폭포에 휩쓸려 더 아래에 있는 웅덩이로 떠내려갔어.

모두가 루를 돕기 위해 야단법석이었어. 잠을 자고 있던 피글렛은 깜짝 놀라 벌떡 일어나더니 팔딱팔딱 뛰면서 연방 "아이구, 어쩌나!" 하고 외쳐 댔고, 아울은 '이처럼 갑작스럽고 일시적인 입수 사태가 벌어지면 반드시 머리를 물 위로 내놓고 있어야 한다.'느니 하면서 입바른 소리를 해 대고 있었어. 캥거는 비탈을 따라 겅중겅중 뛰어가면서 "루! 아가야, 정말 괜찮은 거니?" 하고 물었고, 루는 캥거가 물을 때마다 어느 웅덩이에 있든 "내가 수영하는 것 좀 보세요!" 하고 신나게 소리쳤지. 이요르는 루가 처음 빠졌던 물가에 가만히 서 있다가 느릿느릿 몸을 뒤로 돌려 물에 꼬리를 담그고는 구시렁거렸어.

"세수한다고 법석을 떨더니만. 어쨌든 꼬마 루야, 내 꼬리를 잡아. 그러면 괜찮을 거야."

크리스토퍼 로빈과 래빗은 이요르를 지나쳐서 허둥지둥 달려가더니, 앞에 있는 딴 친구들한테 큰소리로 외쳤어.

"괜찮아! 루, 내가 지금 가고 있어."

크리스토퍼 로빈이 소리쳤어.

"너희 몇은 저 아래쪽으로 가서 시내 위에 뭐 좀 걸쳐 놔."

래빗도 소리를 질렀지.

하지만 푸는 벌써 뭔가를 들고 있었어. 푸는 앞발로 기다란 막대기를 잡고서 지금 루가 있는 웅덩이보다 두 개 더 내려간 웅덩이에 서 있었던 거야. 캥거가 뛰어오더니 반대쪽 끝을 잡았어. 둘은 웅덩이 얕은 곳에 막대기를 걸쳐 놓았지. 그러자 여전히 우쭐대면서 "내가 수영하는 것 좀 보세요." 하고 바글거리며 흘러 내려오던 루가 막대기에 부딪혀 뱅뱅 돌다가 물 밖으로 기어 나왔어.

"내가 수영하는 거 봤어요?"

루는 신이 나서 찍찍거렸고, 캥거는 루를 점잖게 야단치며 몸에 묻은 물기를 닦아 주었지.

"푸 형, 나 수영하는 거 봤어요? 내가 한 게 바로 수영이라는 거예요. 래빗 형, 내가 뭘 했는지 봤어요? 내가 수영을 했다고요. 안녕, 피글렛 형! 안 들려요? 내가 한 게 뭔지 알아요? 수영이에요! 크리스토퍼 로빈, 내가 수영하는 걸……."

그렇지만 크리스토퍼 로빈은 듣고 있지 않았어. 푸를 보고 있었거든.

"푸, 그 막대기 어디서 찾았어?"

"그냥 찾았는데. 쓸모 있을 것 같아서, 그냥 주워 왔어."

푸가 손에 들고 있는 막대기를 내려다보며 대답했어.

"푸, '탐험'은 끝났어. 네가 '북극'을 발견한 거야!"

크리스토퍼 로빈이 엄숙하게 말했어.

"우아~, 정말?"

푸가 말했어.

모두가 원래 있던 자리로 돌아와 보니, 이요르가 여전히 꼬리를 물에 담그고 앉아 있었어.

"누가 좀 가서 루한테 빨리 서두르라고 말해 줘. 내 꼬리가 점점 차가워지고 있단 말이야. 이런 말은 하고 싶지 않지만, 그냥 뭐 그렇다고 말만 하는 거야. 불평하는 건 아니지만 그래도 이건 좀 그렇잖아. 정말이지 내 꼬리가 너무 차갑단 말이야."

"난 여기 있는데요!"

이요르가 말하고 있는데, 루가 다가와서 크게 외쳤어.

"어, 거기 있었구나!"

"내가 수영하는 거 봤어요?"

이요르는 물속에 담그고 있던 꼬리를 건져 내어 이리저리 휙휙 휘둘러 보았단다.

"내가 예상했던 대로 전혀 감각이 없어. 마비된 거야. 내가 이렇게 될 줄 알았다니까. 마비되어 버렸어. 어쨌든 아무도 신경 쓰지 않는데,

나도 괜찮다고 해야겠지."

"가엾은 이요르! 내가 말려 줄게."

크리스토퍼 로빈은 손수건을 꺼내서 이요르의 꼬리를 닦아 주었어.

"고마워, 크리스토퍼 로빈. 꼬리를 생각해 주는 사람은 너뿐인 것 같구나. 다른 애들은 생각조차 안 하지. 바로 그게 다른 애들의 문제점 이야. 도대체 상상력이라고는 없으니까. 자기들한테 꼬리가 없어서인 지, 쟤들은 꼬리가 그저 엉덩이에 장식으로 붙어 있는 줄 안다니까."

"신경 쓰지 마, 이요르. 이제 좀 나아졌어?"

크리스토퍼 로빈은 한껏 열심히 꼬리를 닦아 주었지.

"아까보다는 확실히 꼬리같이 느껴져. 이제야 내 것 같아. 다시 내 몸으로 돌아온 것 같은 느낌이랄까? 네가 내 말이 무슨 뜻인지 안다면 말이야."

"안녕, 이요르!"

푸가 자신이 찾은 막대기를 들고 다가왔어.

"안녕, 푸. 물어봐 줘서 고마워. 하루 이틀만 지나면 다시 쓸 수 있을 거야."

이요르가 대답했지.

"쓰다니, 뭘?"

푸가 당황한 듯한 표정으로 물었어.

"우리가 지금 얘기하고 있던 거 말이야."

"난 아무 얘기도 하지 않았는데."

푸가 정말로 영문을 모르겠다는 듯 고개를 갸우뚱했어.

"또 내가 잘못 들었나 봐. 나는 내 꼬리가 마비된 것 때문에, 정말 안됐다고 네가 걱정하는 줄 알았지. 뭐 도와줄 게 없냐고도 묻는 줄 알았어."

"아닌데, 난 안 그랬는데."

푸는 아니라고 대답하고 나서 잠깐 생각해 보더니, 위로하려는 듯이 다정한 목소리로 이렇게 말했어.

"아마도 나 말고 다른 애들은 그랬을 거야."

"그래? 그럼 다른 애들을 보면 나 대신 고맙다고 전해 줘."

이요르의 말에, 푸는 어쩔 줄 몰라 하며 크리스토퍼 로빈을 쳐다봤어.

"푸가 북극을 찾아냈어. 정말 대단하지 않니?"

크리스토퍼 로빈이 말했지.

푸는 겸손한 표정을 지으며 땅을 내려다보았어.

"저게 그거야?"

이요르가 물었어.

"그래."

크리스토퍼 로빈이 대답했어.

"저게 우리가 찾던 거라고?"

"응."

푸가 대답했지.

"아, 그래? 어쨌든⋯⋯ 비는 안 왔으니까."

이요르가 말했어.

그러고 나서 '타멈대'는 모두 모여 푸가 찾아온 막대기를 땅에 꽂았

고, 크리스토퍼 로빈은 그 위에다 다음과 같은 문구가 쓰인 나무판을
매달았단다.

북극
발견자, 푸
푸가 북극을 찾아내다.

그리고 다 함께 집으로 돌아갔어. 내 생각에는, 확실하진 않지만,
루는 따뜻한 물로 목욕을 하고 바로 잠을 잤을 거야. 하지만 푸는 곧장
집으로 돌아가서 자기가 해낸 일을 스스로 뿌듯하게 생각하며, 기운을
차리려고 '뭔가 좀'을 챙겨 먹었단다.

9

물바다에 꼼짝없이 갇혀 버린 피글렛

어느 날 비가 내리기 시작하더니 그치지 않고 계속 내리고, 내리고, 또 내렸어. 피글렛은 이런 비는 평생 처음 본다고 중얼거렸지. 그런데 세상에나! 피글렛은 자기가 몇 살인지도 잘 몰라서, 세 살이나 네 살 정도도 되었다고 생각했단다.

아무튼 비는 하루가 지나고, 이틀이 지나고, 또 몇 날 며칠이 지나도 멈추지 않고 계속 내렸어.

피글렛은 창밖을 내다보면서 생각했어.

'만약 비가 처음 내리기 시작했을 때 푸나 크리스토퍼 로빈이나 래빗 네 집에 있었다면, 내내 친구들과 같이 있을 수 있었을 텐데. 그러면 이렇게 아무것도 하지 못한 채 언제 비가 그칠까 하고 궁금해하면서 내내 혼자 지내지 않아도 되었을 텐데…….'

그러다가 피글렛은 푸하고 같이 있다고 상상해 보았지.

"푸, 이렇게 비가 많이 내리는 걸 본 적 있어?"

피글렛이 이렇게 묻는 거야.

"정말 대단한 비 아니니, 피글렛?"

그러면 푸가 이렇게 대답하겠지.

"크리스토퍼 로빈네 집으로 가는 길은 괜찮을까?"

피글렛은 또 이렇게 묻겠지.

"지금쯤이면 가엾은 래빗은 아마 물에 떠내려가기 직전일 거야."

그러면 푸가 이렇게 말할 테고.

푸와 이런 이야기를 주고받고 있었다면 정말 즐거웠을 텐데. 비가 이렇게 억수로 쏟아지는 날에 다른 누군가와 함께하지 않는다면 그다지 재미가 없으니까 말이야.

비가 이렇게 많이 내리다니! 생각해 보면 신기하기도 하고, 꽤 신나는 일이기도 해. 피글렛이 걸핏하면 코를 들이대고 킁킁거렸던 말라붙은 작은 도랑은 시내가 되었고, 첨벙대며 놀았던 시냇물은 불어나 강물이 되었으며, 친구들과 신나게 뛰어노는 놀이터였던 강변은 비탈 위로 차오른 물이 사방으로 퍼져서 물바다가 되어 버렸거든.

피글렛은 이러다가는 그 물이 조만간 자기 방까지 흘러들어오는 것이 아닌가 하여, 슬그머니 조바심이 나기 시작했어.

'난 몸집이 작아서인지, 물에 둘러싸이니 조금씩 불안해지는걸.'

피글렛이 속으로 말했어.

'물에 둘러싸인다는 건 아주 작은 동물이 물에 완전히 갇히는 거니까. 크리스토퍼 로빈이나 푸는 나무를 타고 빠져나가면 되고, 캥거는 겅중

껑충 뛰어서 탈출할 수 있을 테고, 래빗이야 굴을 파고 들어가 숨으면 될 테고, 아울은 날아서 달아나면 되고, 이요르는 그러니까…… 이요르는 누가 구해 주러 올 때까지 소리를 바락바락 질러 대면 되겠지. 하지만 나는 꼼짝없이 물에 둘러싸여 아무것도 할 수가 없네.'

비는 그칠 기미를 보이지 않고 계속 내렸어. 물은 날마다 조금씩 더 높이 차 올라와서 급기야는 피글렛의 창문까지 닿았는데……, 피글렛은 여전히 아무런 대책이 없었어.

'푸는 어떨까……?'

피글렛은 생각했지.

'푸는 머리는 그렇게 좋진 않지만 절대로 일이 어그러지게 하지는 않아. 맨날 멍청한 일을 저지르는 것 같은데, 나중에 보면 그게 잘한 일이 되는 경우가 많으니까. 아울은……? 아울은 정확하게 말해서 머리가 좋다고 할 수는 없지만, 아는 게 많고 세상 물정에도 밝은 것 같아. 아울이라면 물에 둘러싸여 있을 때 어떻게 해야 하는지도 잘 알고 있을 거야. 그렇다면 래빗은 어떨까? 래빗은 공부를 많이 해서 아는 건 아니지만, 기발한 꾀를 짜낼 줄 알고 영리한 것 같아. 그럼 캥거는? 캥거는 그렇게 똑똑하지는 않아. 그렇지만 루를 무척이나 아끼고 걱정하다 보니까 별로 생각을 하지 않더라도 좋은 방법을 저절로 잘 찾아내더라고. 그리고 참, 이요르는……? 이요르는 늘 우울해하니까 비가 조금 더 온다고 해서 크게 다를 게 없을 거야. 신경도 쓰지 않을지 몰라. 그렇다면 크리스토퍼 로빈은 이런 상황에서 어떻게 할까? 잘 모르겠네.'

그러다 문득 피글렛은 크리스토퍼 로빈이 들려주었던 이야기가 떠올랐어. 무인도에 홀로 갇히게 된 어떤 남자가 병 속에 편지를 넣어 바다로 던졌다는 이야기였지. 그래서 피글렛은 자기도 뭔가를 적어 병에 담아서 냇물에 던지면, 누군가가 보고 자기를 구하러 올지도 모른다는 생각이 들었어.

창가에 서 있던 피글렛은 방 안으로 들어가서 집 안을 뒤지기 시작했어. 아직 물에 잠기지 않은 곳을 샅샅이 살펴보다 보니, 연필 한 자루와 물에 젖지 않은 작은 메모지 한 장, 그리고 코르크 마개가 달린 병 한 개가 나왔어.

피글렛은 종이 한쪽 면에 이렇게 적었어.

도와줘!
피글렛 (나)

그리고 종이를 뒤집어서 뒷면에는 이렇게 썼어.

나, 피글렛이야. 도와줘!
도와줘!

피글렛은 종이를 병에 집어넣은 다음, 코르크 마개로 병을 있는 힘껏 막았어. 그리고 창가로 가서 밖으로 떨어지지 않도록 몸을 벽에 붙인 다음, 상체를 최대한 멀리 내밀고 온 힘을 다해 세게 병을 던졌어…….

첨벙!

잠시 후 병이 까딱까딱하며 물 위로 떠올랐어. 피글렛은 하도 봐서 눈이 아플 때까지 느릿느릿 떠내려가는 병을 지켜보았지. 조금씩 멀어지던 병은 어느새 희미해지더니, 어떤 때는 병 같아 보이기도 하고 또 어떤 때는 그저 잔물결 같아 보이기도 했어.

어느 순간 '다시는 저 병을 볼 수 없겠구나.' 하는 생각이 들면서, 피글렛은 스스로를 구하기 위해 할 수 있는 일은 다 했다는 걸 깨달았어.

"이제는 누군가가 뭔가를 해 주길 기다리는 수밖에 없겠구나. 그 뭔가를 빨리 좀 해 줬으면 좋겠는데. 그렇지 않으면 내가 수영을 해야 하는데, 난 수영을 못하잖아. 제발 그 뭔가를 빨리 좀 해 줬으면……."

피글렛은 한숨을 폭 내쉬며 말했어.

"푸가 여기 있다면 얼마나 좋을까. 나 혼자 말고 둘이 함께 있으면 훨씬 더 힘이 될 텐데."

비가 내리기 시작했을 때 푸는 한참 자고 있었어. 비가 내리고, 내리고, 또 내리는 동안, 푸는 자고, 자고, 또 잤지. 푸는 그날 무척 피곤했거든. 너도 기억하겠지만, 푸가 북극을 발견했잖아. 어쨌든 이 사실이 너무나 자랑스러운 푸는 크리스토퍼 로빈을 찾아가 물었어. 머리가 아주나쁜 곰이 발견할 수 있는 다른 '극'이 또 있냐고 말이야.

"다른 극이라면 '남극'이 있어. 그리고 사람들이 별로 얘기하고 싶어 하지는 않지만, 분명히 어딘가에 '동극'도 있고 '서극'도 있을 거야."

크리스토퍼 로빈이 이렇게 답해 주었지.

푸는 이 말을 듣고 몹시 흥분해서 크리스토퍼 로빈에게 '동극'을 발견하러 '타멈'을 떠나자고 제안했어. 그러나 크리스토퍼 로빈은 캥거하고 뭔가 딴 일을 하려고 계획을 세워 놓았기에, 푸는 혼자서 '동극'을 찾으러 떠났단다.

푸가 그날 '동극'을 발견했는지 어쨌는지는 나도 기억이 안 나. 아무튼 푸는 그날 밤 녹초가 되어 집에 돌아왔어. 그리고 저녁밥을 먹기 시작한 지 30분이 막 지났을 때쯤, 밥을 먹다 말고 의자에 앉은 채로 곯아떨어졌어. 그때부터 그 상태로 자고, 자고, 또 잔 거야.

푸는 자면서 언젠가부터 꿈을 꾸기 시작했어. 푸는 '동극'에 있었는데, '동극'은 난생처음 느껴 보는 차가운 눈과 얼음으로 뒤덮인 그런 곳이었어. 푸는 거기서 커다란 벌집 하나를 발견해서, 잠을 자러 그 안에 들어갔어. 그런데 그 벌집이 다리까지 들어갈 만큼 크지 않아서 다리를 벌집 밖으로 내놓고 잘 수밖에 없었어.

그런데 '동극'에 사는 것처럼 보이는 야생 우즐이 다가오더니, 제 새끼들이 살 둥지를 만드는 데 쓰려고 푸의 다리털을 아금야금 뽑기 시작한 거야. 털이 뽑혀 나갈수록 다리가 점점 더 추워져서, 푸는 급기야 '아야!' 하고 소리를 지르며 벌떡 깨어났어. 그리고는 사방이 물바다인 방 한가운데에서 두 발이 물속에 잠긴지도 모르고 의자에 앉은 채 잠들어 있는 자신을 발견한 거야.

푸는 첨벙첨벙 문으로 걸어가서 밖을 내다보았지⋯⋯.

"야단났네. 여기서 빠져나가야겠어."

그래서 푸는 가장 커다란 꿀단지를 꺼내 들고 나가서, 물에 닿지 않을 만한 높이에 있는 튼튼한 나뭇가지를 골라 그 위에 올려놓았어. 그리고 다시 내려와서 다른 꿀단지를 챙겨 나왔고……. 그 과정을 여러 번 되풀이했지. 푸는 그렇게 차례대로 모든 꿀단지를 피신시키는 데 성공하자, 자신도 나뭇가지로 기어 올라가 다리를 달랑달랑 흔들면서 꿀단지 옆에 걸터앉았어. 푸 옆에는 열 개의 꿀단지가 놓여 있었고…….

이틀이 지났어. 푸는 여전히 다리를 달랑달랑 흔들면서 그 자리에 앉아 있었어. 푸 옆에는 이제 네 개의 꿀단지가 남아 있었지.

사흘이 지났어. 푸는 가지에 걸터앉아서 여전히 다리를 달랑달랑 흔들었고, 옆에는 이제 꿀단지 한 개만 놓여 있을 뿐이었어.

나흘이 지났어. 푸는 여전히 그 자리에 있었어. 그렇지만 그 옆에는…….

그리고 바로 나흘째 되는 날 아침이었어. 피글렛이 던진 병이 푸가 앉아 있던 나뭇가지 밑으로 떠내려간 거야.

"꿀이다!"

그것을 본 푸는 소리를 내지르며 순식간에 물속으로 첨벙 뛰어들었어. 그런데 허우적거리며 병을 붙잡은 푸가 다시 나뭇가지로 되돌아와서 보니, 꿀이 아닌 거야.

"젠장, 그냥 병이잖아! 아무것도 아닌 것 때문에 흠뻑 젖어 버렸네. 그런데 이 종이 쪼가리는 뭐 하는 거지?"

푸가 뚜껑을 열면서 말한 다음 종이를 꺼내 찬찬히 살펴보았어.

"이건 '미시지'(푸는 '메시지'라는 말을 잘 몰라서 '미시지'라고 한다. — 옮긴이)야. 이게 바로 그걸 거야. 그리고 이 글자는 '피읖', 그게 그러니까 '피읖'은 '푸'를 말하는 것이 분명해. 그래서 이건 나한테는 아주 중요한 '미시지'란 말이지. 그런데 난 읽을 수가 없잖아. 크리스토퍼 로빈이나 아울이나 피글렛, 아니면 글을 읽을 줄 아는 똑똑한 친구를 찾아봐야겠다. 그럼 나한테 이 '미시지'가 무슨 뜻인지 알려 줄 거야. 그런데 아 참, 나는 수영을 못하는데 어떡하지. 젠장! 큰일이네."

그때 푸한테 좋은 생각이 떠올랐어. 머리가 별로 좋지 않은 곰이 생각한 것 치고는 아주 괜찮은 발상이었지.

"이 병이 물에 떴다는 건, 내 꿀단지도 뜰 수 있다는 말이잖아. 그리고 꿀단지가 물에 뜬다면, 내가 그 위에 앉아 갈 수도 있다는 얘기가 아닐까? 아주 커다란 꿀단지라면 말이야."

그래서 푸는 가장 큰 꿀단지를 꺼내 뚜껑을 꽉 막았어.

"보트라면 모름지기 이름이 있어야 하니까, 나도 내 보트를 '흘러가는 곰'호라고 불러야지."

푸는 이렇게 말한 다음, 보트를 물 위로 던지고 나서 자신도 그 위에 올라탔어.

하지만 푸와 '흘러가는 곰'호는 한동안 실랑이를 벌여야 했어. 푸가 '흘러가는 곰'호의 위로 가야 할지, 밑으로 가야 할지 갈피를 잡지 못했거든. 그러나 한두 번 엎치락뒤치락한 끝에 '흘러가는 곰'호가 아래쪽으로 편안히 자리 잡았고, 푸는 의기양양하게 그 위에 올라타서 두 발로 힘차게 노를 저어 나갔지.

크리스토퍼 로빈은 숲속에서 가장 높은 언덕의 꼭대기에 살고 있었어. 비가 내리고, 또 내리고, 또 내렸어도 크리스토퍼 로빈네 집에는 물이 차오르지 않았지. 처음에는 계곡을 내려다보며 사방에 넘실대는 물을 바라보는 것도 그런대로 재미있었어.

그러나 시간이 지나도 그칠 기미는 보이지 않고 억수로 퍼부어 대기만 하니, 크리스토퍼 로빈은 대부분 집 안에서 이런저런 생각을 하며 시간을 보낼 수밖에 없었단다.

　크리스토퍼 로빈은 아침마다 우산을 들고 밖으로 나가, 물이 차오른 맨 가장자리에 막대기를 꽂아 두었어. 그런데 다음 날 아침에 나가 보면 어느새 물에 잠겨 막대기가 보이지 않는 거야. 그러면 다시 물이 차올라온 자리에 딴 막대기를 꽂아 놓고 집으로 돌아오길 반복했지. 매일 아침 크리스토퍼 로빈이 걷는 거리는 점점 짧아져 갔어.

　닷새째 되던 날 아침에 밖으로 나가 보니, 크리스토퍼 로빈의 집 주변이 온통 물에 잠겨 있는 거야. 이런 일은 크리스토퍼 로빈도 난생처음이었지. 자신이 서 있는 곳이 진짜 섬이 되다니! 왠지 흥분되고 신이 났어.

　바로 그날 아침, 아울이 물 위로 날아와 안부를 물었어.

　"잘 지내, 크리스토퍼 로빈?"

　"그래, 아울. 봐 봐! 재미있지 않니? 내가 섬에서 살게 되었어!"

크리스토퍼 로빈이 말했어.

　"최근에 대기 상태가 몹시 불안정했어."

아울이 말했어.

　"최근에 뭐라고?"

크리스토퍼 로빈이 반문했어.

　"줄곧 비가 내렸다고."

아울이 설명했어.

　"그래, 그랬지."

크리스토퍼 로빈이 동의했어.

"수위가 전례 없는 수준으로 상승했으니까."

아울이 또 유식한 말을 했어.

"누가?"

"물이 많이 불어났다고!"

크리스토퍼 로빈의 반문에, 아울이 설명했지.

"맞아, 그렇지."

"그러나 급속하게 상황이 호전될 거라고 예측들을 하고 있어. 지금이라도……."

"너, 푸 봤니?"

"아니. 지금이라도……."

"별일 없어야 할 텐데."

크리스토퍼 로빈이 아울의 말을 무시하고 계속 말했어.

"푸가 어떻게 지내는지 궁금하던 참이었거든. 피글렛이랑 같이 있을 것 같은데……. 아울, 둘 다 별일 없겠지?"

"그럴 거야. 그러니까 지금이라도……."

"아울, 네가 좀 가서 보고 와. 푸는 머리가 그다지 좋지 않아서 뭔가 미련한 짓을 저지를지도 모르거든. 나는 푸를 정말 좋아한단 말이야. 가 볼 거지, 아울?"

"알았어. 내가 가서 보고, 금방 돌아올게."

아울은 이렇게 말하고 날아갔다가, 얼마 안 돼 바로 돌아왔어.

"푸가 없어."

"푸가 없다고?"

크리스토퍼 로빈이 물었어.

"원래 거기 있었거든. 꿀단지 아홉 개를 가지고 집 밖에 있는 나뭇가지에 앉아 있었어. 그런데 지금은 거기에 없네."

"아, 푸! 지금 어디에 있는 거니?"

크리스토퍼 로빈이 크게 소리쳤어.

"나, 여기 있어."

그때 크리스토퍼 로빈의 등 뒤에서 우물거리는 목소리가 들렸어.

"푸!"

둘은 서로에게 달려가 부둥켜안았단다.

"푸, 여기까지 어떻게 온 거야?"

크리스토퍼 로빈이 잠시 숨을 고르고 나서 푸에게 물었어.

"내 보트를 타고 왔지! 아주 중요한 '미시지'가 든 병을 받았는데 눈에 물이 좀 들어가서 읽을 수가 없었어. 그래서 그것을 너한테 가지고 왔어. 내 보트를 타고!"

푸가 자랑스레 대답했지.

푸는 크리스토퍼 로빈에게 그 '미시지'를 건네주었어.

"어디 보자……. 그런데 이건 피글렛이 보낸 거잖아!"

크리스토퍼 로빈이 종이에 적힌 내용을 읽고는 소리쳤지.

"거기에 푸에 대한 얘기는 하나도 없어?"

푸가 어깨너머로 들여다보며 물었어.

크리스토퍼 로빈이 큰 소리로 그 메시지를 읽어 주었지.

"아, 그 '피읖'들이 '피글렛'이야? 난 '푸'인 줄 알았지."

푸가 말했어.

"우린 당장 피글렛을 구하러 가야 돼! 푸, 난 피글렛이 너랑 같이 있는 줄 알았단 말이야. 아울, 네가 등에 태워서 피글렛을 데려올 수 있겠니?"

크리스토퍼 로빈이 말했어.

"그건 안 될 것 같은데. 좀 불안해서 말이야. 내 날개로는 버티기가 힘들 것 같아……."

아울이 심각하게 생각해 보고 나서 말했어.

"그러면 당장 피글렛한테 날아가서 우리가 구해 주러 간다고 말해 줄래? 푸랑 나는 구조 방법을 생각해서 최대한 빨리 갈게. 아, 아울!
아무 말도 하지 말고 어서 가! 시간이 없어.”

안 그래도 뭔가 대꾸할 말을 찾고 있던 아울이 입을 다물고 날아갔어.

“푸! 이제 우리도 가 볼까? 그런데 네 보트는 어디에 있니?”

크리스토퍼 로빈이 물었어.

“미리 말해 둘 게 있는데…….”

푸는 크리스토퍼 로빈과 함께 섬의 끝자락으로 걸어가면서 설명했어.

“내 보트는 그냥 보통 보트가 아니야. 어떤 때는 그냥 보트지만,
어떤 때는 사고뭉치야. 엉겁결에 만들게 된 거거든. 그래서 상황에 따라
달라.”

“무슨 상황？”

“내가 그 위에 있느냐 아니면 그 밑에 있느냐 하는 그런…….”

“아! 그렇구나. 그런데 그건 어디에 있어?”

푸가 으스대며 ‘흘러가는 곰’호를 가리키며 말했어.

“저기!”

그건 크리스토퍼 로빈이 예상했던 보트가 아니었어. 크리스토퍼 로빈
은 그걸 보면서 푸의 재치에 놀랐고, 푸에게 이렇게 영리하고 용감한
면이 있었나 하고 생각했어. 그리고 크리스토퍼 로빈이 그런 내색을
보일수록 푸는 더욱 겸연쩍은 표정을 지으며 고개를 숙이고 코를 내려다
보면서 안 그런 척하려고 애를 썼단다.

“하지만 우리 둘이 타기엔 너무 좁은걸.”

크리스토퍼 로빈이 낙심한 목소리로 말했어.

"피글렛까지 타면 셋이야."

푸가 말했어.

"그럼 더 좁아지지. 푸, 우리 이제 어떻게 하지?"

바로 그때 이 곰이, '푸 베어'라고 하기도 하고, '위니 더 푸'라고 하기도 하는, 또 '피친'(피글렛의 친구)이기도 하고, '래동'(래빗의 동료)이며, '북발'(북극의 발견자)이고, '이위자'(이요르에게 위안을 주는 자)이자 '이꼬자'(이요르에게 꼬리를 찾아 준 자)이기도 한 푸가 예상치도 못한 너무도 기발한 생각을 해냈어.

그 바람에 크리스토퍼 로빈은 할 말을 잃고서 한동안 입을 헤벌리고 눈을 동그랗게 뜬 채로 푸를 멍하니 쳐다보았지. 크리스토퍼 로빈은 이 곰이 정말로 이제껏 자기가 알아 왔고, 오랫동안 좋아하며 친구로 지내왔던 그 머리 나쁜 곰이 맞긴 한가 하는 의구심이 들 지경이었단다.

"네 우산을 타고 가면 될 것 같아."

푸가 이렇게 말한 거야.

"?"

"네 우산을 타고 가면 될 것 같다고."

푸가 또 말했어.

"??"

"네 우산을 타고 가면 된다니까."

푸가 또 말했지.

"!!!!!!"

그제야 크리스토퍼 로빈은 그러면 되겠다는 걸 깨달았어. 충분히 가능한 이야기였거든.

크리스토퍼 로빈은 당장 달려가서 우산을 가져온 다음, 우산을 펴서 물 위에 거꾸로 놓았지. 하지만 무사히 물에 뜬 우산은 물결을 따라 불안하게 기우뚱거렸어.

푸가 먼저 그 안에 올라탔단다. 그러고는 막 괜찮다고 말하려던 참이었는데, 괜찮은 게 아니라는 걸 깨닫고 말았지. 우산이 뒤집혀 본의 아니게 물을 꼴깍 마셔 버렸거든.

푸는 허우적거리며 크리스토퍼 로빈이 있는 뭍으로 다시 올라왔어. 그리고 이번엔 둘이 동시에 올라탔지. 그랬더니 보트는 더 이상 흔들리지 않았단다.

"난 이 보트를 '기발한 푸'호라고 부르겠어."

크리스토퍼 로빈이 말했어.

그리고 '기발한 푸'호는 빙글빙글 돌면서 남서쪽으로 순조롭게 흘러가기 시작했지.

　마침내 이 보트가 눈앞에 나타났을 때, 피글렛이 얼마나 기뻐했을지 너도 상상할 수 있을 거야. 그 후에도 피글렛은 엄청난 물난리가 났을 때 자기가 얼마나 위험한 처지에 놓여 있었는지, 또 그러한 위험을 어떻게 벗어날 수 있었는지를 회상하곤 했는데, 사실 가장 위험했던 순간은 따로 있었어.

　피글렛이 물에 갇혀 있던 최후의 30분 전쯤에 아울이 피글렛의 나무로 날아와서 가지 위에 앉더니, 피글렛을 위로해 준답시고 실수로 갈매기 알을 낳았던 자기 친척 아주머니 얘기를 주절주절 늘어놓았어. 지금이 얘기처럼 길게 말이지. 그런데 이야기가 끝도 없이 이어지자, 피글렛은 별 기대도 없이 창문 밖으로 몸을 내밀고 조용히 그 이야기를 듣다가 그만 사르르 잠이 들고 만 거야. 피글렛은 자기 몸이 조금씩 창밖으로 쏠리는 것도 모르고 더욱 깊은 잠에 빠졌고, 겨우 발가락만으로 아슬아슬하게 창틀에 걸려 있었어. 그런데 그 순간, 다행히도 아울이 "꽥" 하고 크게 소리를 지른 거야. 사실 그것도 아울이 이야기를 하는 도중에 자기 친척 아주머니가 질렀다는 비명을 흉내 낸 거였지만 말이야. 아무튼 그 소리에 잠이 확 깬 피글렛은 깜짝 놀라 몸을 뒤로 확 젖혀서 위기를 모면하고는, 멍한 상태에서 자기가 무슨 말을 하는지도 모르고 한마디 했어.

"참 재미있네. 아주머니가 정말 그랬단 말이야?"

그런데 바로 그때…… 푸와 크리스토퍼 로빈이 타고 있는 '기발한 푸'호가 눈앞에 나타난 거야!

너도 피글렛이 자기를 구조하려고 물바다를 헤치며 다가오고 있는 그 멋진 '기발한 푸'호(선장: 크리스토퍼 로빈, 일등 항해사: 'ㅍ' 곰)를 보고 얼마나 기뻐했을지 상상할 수 있겠지…….

이제 정말로 얘기가 끝났어. 나도 설명을 길게 하다 보니 몹시 피곤하구나. 오늘은 이쯤에서 끝내도록 하자.

10

용감한 푸를 위한 특별한 파티

5월의 싱그러운 향기를 머금고 숲으로 돌아온 해님이 따스한 햇살을 비춰 주던 어느 날이었어. 숲속 곳곳에서 아기자기하던 예전 모습을 되찾은 시냇물은 졸졸졸졸 흘러가며 행복한 노래를 불렀고, 작은 물웅덩이들은 한때 물바다를 이루어 사방으로 흘러들었던 옛일을 떠올리며 가만히 누워 있었지.

뻐꾸기는 따뜻하고 고즈넉한 숲에서 조심스레 목소리를 가다듬으며 맘에 드는 소리를 내기 위해 애쓰고 있었고, 산비둘기들은 언제나처럼 게으르고 느긋하게 별것 아닌 문제로 내 탓이니 네 탓이니 하면서 서로에게 잘못을 떠넘기면서 투덕거리고 있었어.

바로 그날, 크리스토퍼 로빈이 하늘에 대고 자기만의 특별한 방식으로 휘파람을 불고 있었어. 그러자 그 소리를 들은 아울이 무슨 일인지 알아보려고 100에이커 숲에서 날아왔단다.

"아울, 난 파티를 열 거야."

크리스토퍼 로빈이 말했어.

"네가 파티를 연다고? 정말?"

아울이 되물었지.

"응. 근데 이건 그냥 파티가 아니고, 특별한 파티가 될 거야. 왜냐하면 이 파티는 물난리가 났을 때 푸가 피글렛을 구하려고 한 일 때문에 여는 거거든."

"아, 그런 거였어……?"

아울이 김이 샜다는 듯 말했어.

"응, 그러니까 최대한 빨리 날아가서 푸랑 다른 친구들한테 알려 줘. 파티를 내일 열 거거든."

"아, 정말? 내일?"

아울은 그래도 최대한 호의적으로 보이려 애쓰며 말했지.

"그러니까 아울 네가 가서 친구들한테 알려 줄래?"

아울은 뭔가 그럴듯한 말을 한마디 하려고 머리를 굴려 보았지만 좀처럼 생각이 나지 않아서 포기하고, 친구들에게 소식을 전하려고 날아갔어.

아울이 처음으로 찾아간 곳은 푸네 집이었어.

"푸, 크리스토퍼 로빈이 너를 위해 내일 파티를 열 거래."

아울이 말했어.

"아!"

푸는 이렇게 말하고 나서, 아울이 뭔가 딴말을 더 듣고 싶어 하는 것처럼 보이자 이렇게 덧붙여 말했어.

"그럼 케이크에 분홍색 설탕 같은 걸로 예쁜 장식도 할 거래?"

아울은 분홍색 설탕을 입힌 케이크 따위의 이야기는 수준이 떨어진다고 생각되어, 크리스토퍼 로빈이 한 얘기만 정확하게 전달하고 이요르에게로 날아가 버렸어.

"나를 위해서 파티를 연다고? 굉장하다!"

푸가 중얼거렸지.

푸는 다른 친구들도 이 파티가 자신을 위한 특별한 파티라는 사실을 알고 있는지 궁금해졌어. 또 자신이 발명한 '흘러가는 곰'호와 '기발한 푸'호에 대해서, 또 그 보트가 멋지게 항해를 마친 일에 대해서, 크리스토퍼 로빈이 다른 친구들에게 빠짐없이 들려주었는지도 궁금해졌지. 그런가 하면 모두가 그 사실을 까맣게 잊어버려서, 이 파티가 왜 열리는지도 모르는 채 오는 것은 아닐까 하는 생각도 들었어. 만약 그렇다면…….

이런 생각을 하면 할수록, 푸의 머릿속에서 열리던 파티는 뒤죽박죽 엉망이 되었어. 제대로 되는 게 하나도 없는 꿈을 꾸는 것처럼 말이야.

또 그 꿈이 푸의 머릿속에서 노래처럼 맴돌기 시작하더니, 마침내 어떤 노래가 하나 만들어졌어. 바로 이런 노래야.

머릿속이 엉망인 푸의 노래

푸를 위해 환호 세 번! 우아~! 우아~! 우아~!
(누구를 위해?)
푸를 위해!
(왜, 푸가 무슨 일을 했는데?)
너는 알고 있는 줄 알았는데…….
푸가 물에 휩쓸려 갈 뻔한 친구를 구했거든!
곰을 위해 환호 세 번! 우아~! 우아~! 우아~!
(뭘 위해서라고?)
곰을 위해서!
수영도 못하는데,
푸는 용감하게 친구를 구했거든!
(누구를 구했다고?)
아, 내 말 좀 들어 보라고!
푸 얘기를 하고 있잖아…….
(누구 얘기?)
푸! 푸!
(미안, 자꾸 잊어버려서.)

어쨌든 푸는 머리가 엄청 좋은 곰이거든.

(다시 말해 줄래?)

머리가 엄청 좋다고…….

(머리가 어떻다고?)

어쨌든 엄청 먹어 대기는 하지.

그리고 걔가 수영을 할 수 있는지는 잘 모르겠지만,

그래도 물에 뜨는 데 성공했어.

보트 같은 걸 타고서!

(뭐 같은 걸 타고?)

그러니까 꿀단지 같은 거라고…….

그러니 이제 푸에게 진심 어린 환호 세 번! 우아~! 우아~! 우아~!

(그러니 이제 푸에게 진심 어린 뭐를 하자고?)

그리고 푸가 오래오래 우리와 함께하기를!

건강하고 지혜로워지고 부자가 되기를!

푸를 위해 환호 세 번! 우아~! 우아~! 우아~!

(누구를 위해?)

푸를 위해!

곰을 위해 환호 세 번! 우아~! 우아~! 우아~!

(누구라고?)

곰이라고!

기발한 위니 더 푸를 위해 환호 세 번! 우아~! 우아~! 우아~!

(누가 좀 알려 줘 봐. 걔가 도대체 뭘 한 거야?)

194

푸의 머릿속에서 이런 노래가 만들어지고 있는 동안, 아울은 이요르에게 가서 파티 소식을 전했어.

"이요르, 크리스토퍼 로빈이 파티를 연대."

아울이 말했지.

"정말 재미있겠네. 그런데 나한테는 마구 짓밟히고 뭉개진 너저분한 부스러기나 던져 주겠지? 아이고, 다들 어찌나 친절하고 세심한지……. 됐어, 그만해. 나한테 그런 소식은 전해 주지 않아도 된다고!"

이요르가 말했어.

"너를 초대하는 거야."

"뭘 한다고?"

"초대라고!"

"그래, 나도 들었어. 누가 그걸 떨어뜨렸나 보지?"

"초대는 먹는 게 아니야. 너를 파티에 오라고 부르는 거라고. 바로 내일이야."

그 말에 이요르는 천천히 고개를 흔들었어.

"네가 말하는 건 피글렛이겠지. 귀를 쫑긋거리고 남의 이야기를 무척 잘 들어 주는 그 꼬마 친구 말이야. 그게 피글렛이야. 내가 가서 알려 줄게."

"아니! 아니라니까! 너라고!"

아울은 슬슬 짜증이 나서 큰 소리로 외쳤어.

"정말 확실해?"

"당연하지. 크리스토퍼 로빈이 '모두에게'라고 말했다니까. 빠뜨리지 말고 모두에게 다 전하라고."

"모두에게? 이요르만 빼고?"

"모두 다라니까!"

아울은 화난 목소리로 대꾸했어.

"하! 그렇다면 틀림없이 실수한 걸 텐데. 하지만 그래도 갈게. 비가 오더라도 내 탓은 하지 마."

이요르가 말했지.

그러나 다음 날 비는 오지 않았어. 크리스토퍼 로빈은 나무판자 몇 개로 기다란 테이블을 만들었고, 모두가 빙 둘러앉았지. 한쪽 끝에는 크리스토퍼 로빈이 앉았고, 반대편 끝에는 푸가 앉았어. 둘 사이에는 아울하고 이요르하고 피글렛이 앉았고, 맞은편에는 래빗과 루와 캥거가 앉았어. 래빗의 친구와 친척들은 풀밭에 흩어져 앉아서, 행여나 누가 말을 걸어 주지 않을까, 누가 먹을 것을 떨어뜨리지나 않을까, 그것도 아니면 몇 시냐고 시간을 물어보지 않을까 하고 기대하면서 기다리고 있었고.

루는 난생처음 참석하는 파티여서 무척 들떠 있었단다. 루는 자리에 가만히 있지 못하고 쉴 새 없이 콩콩콩콩 뛰더니 모두가 자리에 앉자마자 계속해서 뭐라고 떠들기 시작했어.

"푸 형, 안녕!"

루가 찍찍거리며 흥분한 목소리로 푸에게 인사했어.

"안녕, 루!"

푸도 반갑게 인사했어.

잠시 후 또 루가 자리에 가만있지 못하고 콩콩콩콩 뛰다가 다시 입을 열었어.

"피글렛 형, 안녕!"

루가 찍찍거리며 인사했어.

먹느라 바빴던 피글렛은 말할 틈이 없는지 루에게 앞발만 내밀어 인사했어.

"이요르 형, 안녕!"

루가 또 인사말을 했어.

"곧 비가 올 거야. 아닐 수도 있지만, 두고 보면 너도 알 거야."

이요르는 침울한 표정으로 루를 보며 말했어.

루는 그 말을 듣고, 비가 오는지 안 오는지 보려고 하늘을 올려다보았어. 그렇지만 비가 오지 않자, 곧바로 콩콩콩콩 뛰어 옆자리로 갔어.

"아울 형, 안녕!"

루가 인사했어.

"안녕, 귀여운 꼬마 친구!"

아울은 루에게 다정한 목소리로 짧게 인사하고는, 다시 고개를 돌리더니 크리스토퍼 로빈에게 하고 있던 이야기를 마저 이어나갔어. 크리스토퍼 로빈도 알지 못하는 친구 이야기인데, 그 친구가 사고를 당할 뻔했는데 간신히 피했다는 내용이었지.

"아가야, 먼저 우유를 다 마셔야지. 얘기는 나중에 하고."

캥거가 루에게 말했어.

그래서 우유를 마시고 있던 루가 자기는 한꺼번에 그 두 가지 일을 할 수 있다고 말하려다가 그만……. 결국 캥거가 한참 동안 등을 두드려 주고 닦아 주어야만 했지. 마시던 우유도 줄줄 흘려서 마를 때까지 한참을 기다려야 했고.

모두가 어느 정도 배부르게 먹었을 때쯤 크리스토퍼 로빈이 숟가락으로 테이블을 '탕탕' 두드렸어. 그러자 모두가 하던 이야기를 멈추고 입을 다물었지. 루만 빼고 말이야. 루는 그때 하필 딸꾹질이 시작되어 주위에 다 들릴 정도로 요란하게 딸꾹질을 하고는, 그 소리가 자기가 낸 소리가 아니라 래빗의 친척 가운데 하나가 낸 것처럼 보이게 하려고 애쓰고 있었거든.

크리스토퍼 로빈이 말했어.

"이 파티는 우리 중 누군가가 용감한 일을 해서 그 일을 축하하기 위해 연 파티야. 그리고 우리 모두는 그 누군가가 누구인지 알고 있어. 그러니까 이 파티는 그 친구를 위한 거야. 그래서 내가 그 친구를 위해 작은 선물을 준비했어. 자, 여기……."

크리스토퍼 로빈은 잠깐 여기저기를 더듬어 보다가 소리 죽여 말했어.

"어, 어디 있지?"

크리스토퍼 로빈이 선물을 찾고 있는 사이에, 이요르가 갑자기 모두의 주목을 끌려는 듯 헛기침을 두어 번 하더니 연설을 하기 시작했어.

"친구들, 그리고 나머지 여러분! 여러분을 내 파티에서 만나게 되어 대단히 기쁩니……. 아니, 지금까지는 기뻤다고 말하는 편이 낫겠네요. 사실 내가 한 일은 아무것도 아닙니다. 여러분들 중 래빗과 아울과 캥거를 빼고는, 그 누구라도 마찬가지일 겁니다. 참, 푸도 빼야겠네요. 물론 피글렛과 루는 해당 사항이 없습니다. 그 둘은 너무 조그마해서요. 아무튼 여러분 중 누구라도 나처럼 했을 겁니다. 어쩌다 보니 내가 하게 된 것뿐이지요. 이런 말은 할 필요가 없지만, 크리스토퍼 로빈이 지금 찾고 있는 선물을 받을 생각으로 한 일이 절대 아니라는 겁니다."

그러더니 이요르는 말을 하다 말고 앞발을 들어 입에 대고는, 모두에게 다 들리는 큰 소리로 크리스토퍼 로빈에게 귓속말을 했어.

"테이블 밑도 찾아봐."

그러고는 다시 말을 이었지.

　"내가 그런 일을 한 것은, 곤경에 빠진 친구가 있으면 누구나 그를 돕기 위해 자기가 할 수 있는 일을 해야 한다고 생각하기 때문이에요. 나는 우리 모두가……."

　"따, 딸꾹!"

루가 엉겁결에 크게 소리를 냈어.

"루, 아가야!"

캥거가 나무라듯이 말했지.

"그게 나였나요?"

루가 좀 놀란 듯이 물었단다.

"이요르가 지금 무슨 소리를 하고 있는 거야?"

피글렛이 푸에게 속삭였어.

"나도 몰라."

푸가 약간 맥이 빠진 목소리로 대답했지.

"난 이 파티가 너를 위한 거라고 생각했는데."

"나도 한때는 그런 줄 알았는데, 지금은 아닌가 봐."

"이요르를 위한 파티가 아니라, 너를 위한 파티였으면 좋겠다."

피글렛이 말했어.

"나도야."

푸도 동의하듯이 대답했지.

"따, 딸꾹!"

루가 다시 크게 딸꾹질을 했어.

"내가…… 이 자리에서 하려던 말은……, 앞서, 말씀, 드린, 대로…… 여러 소음들이 끼어들어서 방해하는 바람에 못했는데, 내가 하려던 말은…….'"

이요르는 단호한 표정으로 더욱 힘을 주며 더듬더듬 말했어.

"찾았다! 이걸 미련탱이한테 건네줘. 그거 푸 줄 거야."

그때 크리스토퍼 로빈이 흥분해서 소리쳤어.

"푸한테 주는 거라고?"

이요르가 실망스러운 목소리로 물었어.

"당연하지! 세상에서 가장 용감하고 멋진 곰한테 주는 거지."

크리스토퍼 로빈이 말했지.

"진작 알아챘어야 했는데. 하긴……, 그렇다고 뭐라고 불평할 순
없지. 나한테는 친구들이 있으니까. 어제서야 누군가가 나한테 말해
줘서 알았지만. 그리고 지난주인가, 지지난 주인가? 래빗이 우연히 나랑
부딪히고는 '젠장!'이라고 말했었지. 뭐, 으레 누굴 만나더라도 하는
얘기겠지만. 예상치 못한 일은 언제나 일어나기 마련이지."

이요르가 말했어.

그러나 아무도 이요르의 말을 듣고 있지 않았단다. 모두가 와글와글
떠들어 대고 있었거든.

"푸, 풀어 봐."

"푸, 선물이 뭐니?"

"난 뭔지 알지."

"아니, 모를걸."

저마다 한 마디씩 거들었어. 물론 푸는 될 수 있는 대로 빨리, 하지만 '끈'을 끊지 않고 조심스럽게 포장을 풀기 시작했어. '끈'은 언제 또 쓸 일이 있을지도 모르니까. 마침내 다 풀었어!

선물이 뭔지 본 푸는 너무나 좋아서 바닥에 주저앉을 뻔했어. 그건 특별한 필통이었거든. '곰(Bear)'을 뜻하는 'B'자가 새겨진 연필과, '도움을 주는 곰(Helping Bear)'을 뜻하는 'HB'자가 새겨진 연필, '용감한 곰(Brave Bear)'을 뜻하는 'BB'자가 새겨진 연필이 들어 있었지. 연필 깎는 칼과 맞춤법이 틀린 글자를 지워 버릴 수 있는 지우개도 들어 있었고. 그런가 하면 글씨를 삐툴빼툴 쓰지 않도록 줄을 그을 수 있는 자가 들어 있었는데, 자에는 길이가 궁금할 때 언제든 재 볼 수 있도록 눈금도 그어져 있었단다. 또 특별한 일이나 중요한 말들을 파란색, 빨간색, 초록색으로 구별해서 쓰도록 파랑·빨강·초록 색연필도 들어 있었어. 게다가 이 모든 근사한 도구가 저마다 딱 맞게 만들어진 전용 칸에 담겨 있었고, 필요할 때는 언제든지 '딸깍' 하고 여닫을 수 있게 되어 있었어. 그리고 이 모든 게 전부 푸를 위한 선물이었지!

"우아~!"

푸가 탄성을 질렀어.

"우아~! 푸!"

다른 친구들도 모두가 환호성을 질렀어. 이요르만 빼고.

"정말 고마워."

푸는 기쁜 마음을 감추지 못했단다.

하지만 이요르는 뒤에서 혼잣말을 하듯 구시렁거렸어.

"글 쓰는 일이나, 연필이니 뭐니 하는 이까짓 것들 말이지…… 모두가 과대 평가된 거라고. 뭐, 내 의견을 굳이 묻는다면 말이야…… 아무것도 아닌 걸 가지고 뭘 저렇게 유치하게……. 정말 웃기는 것들이야. 든 건 아무것도 없으면서……."

얼마 뒤 모두가 크리스토퍼 로빈에게 "안녕!", "고마워!"라고 작별 인사를 하며 집으로 돌아갔어.

푸와 피글렛도 평소처럼 함께 황금빛 저녁 햇살을 받으며 집을 향해 나란히 걸어갔지. 둘은 한참 동안 아무 말도 하지 않고, 각자 생각에 잠긴 채 걷기만 했어.

"푸, 너는 아침에 일어나면 가장 먼저 무슨 생각을 해?"

마침내 피글렛이 입을 열더니, 푸에게 물었어.

"아침으로 뭘 먹을까 하는 생각. 피글렛, 너는?"

"나는…… '오늘은 또 어떤 신나는 일이 일어날까?' 하고 생각해."

피글렛의 대답을 들은 푸는 무엇인가를 생각하는 듯한 표정으로 고개를 끄덕이며 말했어.

"내 말이 바로 그 말이야."

"그러고 나서 어떻게 되었어요?"

크리스토퍼 로빈이 물었다.

"언제 말이니?"

"다음 날 아침에요."

"나도 몰라."

"그러면…… 생각한 다음에 저하고 푸한테 얘기해 주면 안 돼요?"

"네가 정말 듣고 싶다면."

"푸가 아주 많이 듣고 싶어 해요."

크리스토퍼 로빈이 푸 핑계를 댔다.

그런 다음 일어나서, 크리스토퍼 로빈은 한숨을 폭 내쉬더니 곰의 한쪽 다리를 잡고 문으로 갔다. 위니 더 푸는 크리스토퍼 로빈 뒤에서 그렇게 질질 끌려갔다.

"내가 목욕하는 거 보러 오실 거죠?"

크리스토퍼 로빈이 문 앞에서 뒤를 돌아보며 물었다.

"그럴까?"

"그런데 푸가 선물로 받은 필통이 내 필통보다 더 좋은 거였나요?"

"똑같은 거였어."

크리스토퍼 로빈이 고개를 끄덕이고는 밖으로 나갔는데, 조금 뒤에

요란한 소리가 들려왔단다. 위니 더 푸가 크리스토퍼 로빈을 따라 계단
을 올라가는 소리였지.

  '쿵, 쿵, 쿵.'

작품 해설

이 책을 펼치면 아버지(Alan Alexander Milne, 앨런 알렉산더 밀른)가 아들(크리스토퍼 로빈 밀른, Christopher Robin Milne)에게 동화를 들려주는 장면과 동화 속의 장면이 교차하면서 동시 진행형으로 전개된다. 이야기를 듣는 로빈의 옆에는 여러 동물 인형들이 놓여 있는데, 동화 속에서는 그 인형들이 로빈을 포함해 다 친구가 되어 숲속에서 이런저런 일들을 함께 겪으며 유쾌하게 살아간다. 이야기를 듣던 중에 로빈은 불쑥 "정말 그랬어요?" 하는 식으로 끼어들기도 하고, 이야기가 끝나면 목욕을 하고 자러 간다.

아버지 밀른과 아들 크리스토퍼 로빈, 그리고 푸의 모델이 된 봉제 인형.

1882년 영국 런던에서 출생한 밀른은 유머 잡지 <펀치(Punch)> 편집부 직원이자 작가로 활동하다가 1913년 서른한 살에 도로시 다핀드 셀린코트(Dorothy Daphne de Sélincourt)와 결혼했고, 1920년에 외아들 로빈이 태어났다.

결혼 7년 만에 뒤늦게 얻은 아들을 각별히 사랑했던 밀른은, 로빈이 네댓 살 정도 무렵에 동물 인형들에게 말을 걸며 놀고 있는 모습을 자주 보게 된다. 여기서 아이디어를 얻은 밀른은 어린 아들을 무릎에 앉히고 아들의 동물 인형들을 의인화해 지어낸 동화를 들려주기 시작했다. 그리고 그 동화

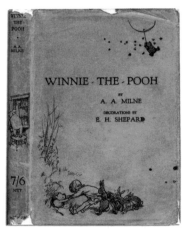

《Winnie-the-Pooh》 초판본

들을 묶어 1926년 《위니 더 푸(Winnie-the-Pooh)》를 세상에 선보인다. 우리에게는 '곰돌이 푸'로 더 친숙한, '지구상에서 가장 유명해진 곰'이 첫걸음을 떼는 순간이었다.

동화에 나오는 주인공들의 면면을 살펴보자.

위니 더 푸(Winnie-the-Pooh) : 늘 엉뚱한 행동을 일삼고 머리가 썩 좋은 편은 아니지만 천진난만하기 이를 데 없는 곰돌이. 노래를 만들어 부르고 시 짓기를 좋아한다.

피글렛(Piglet) : 푸의 절친한 친구이며 소심하고 겁쟁이지만 호기심도 많은 새끼 돼지.

이요르(Eeyore) : 늘 우울해하며 구시렁대는 늙은 당나귀.

엄마 캥거(Kanga)와 아기 루(Roo) : 어느 날 갑자기 나타나 숲속 친구들의 일원이 된 엄마와 아기 캥거루(KangaRoo).

래빗(Rabbit) : 늘 간섭하고 나서길 좋아하지만 미워할 수 없는 토끼.

아울(Owl) : 허술하게(?) 아는 게 많은 올빼미.

크리스토퍼 로빈(Christopher Robin) : 숲속 동물들의 든든한 친구이자 조력자인 소년.

그리고 조연급인 래빗의 친구와 친척들…….

밀른이 상상력을 발휘하여 만들어낸 래빗과 아울을 빼면 나머지 동물은 모두 아들 로빈이 가지고 있던 장난감 인형들이었다. 그리고 이들이 살아가는 장소는 동화 속에서 '100에이커 숲'과 그 주변으로 묘사되고 있는데, 이 숲의 실제 이름은 런던 남쪽으로 48km 정도 떨어진 이스트 서식스(East Sussex) 지방에 위치한 하트필드(Hatfield)의 '애쉬다운 숲(Ashdown Forest)'이다.

작품 속에서 푸가 '푸 막대기 놀이'를 하던 장소인
애쉬다운 숲의 푸 스틱 다리(POOH STICKS BRIDGE)

밀른은 로빈이 다섯 살이었던 1925년에 하트필드의 아담한 시골집 코치포드 농장(Cotchford Farm)을 사들여 주말이나 휴가철이면 늘 이곳에서 아내, 아들과 함께 지내곤 했다. 그러면서 아들을 데리고 자주 산책을 나갔던 장소가 바로 애쉬다운 숲, 즉 동화 속의 '100에이커 숲'이 된 것이다.

숲속 오래된 호두나무는 푸의 집이 되었다. 푸와 피글렛이 헤파럼프를 잡기 위해 함정을 팠던 여섯 그루 소나무가 모여 있는 곳이나 이요르가 우울할 때 찾는 장소, 푸가 만든 '푸 막대기 놀이'를 하던 숲 언저리 강 위의 나무 다리, 크리스토퍼 로빈이 친구들을 떠나는 골짜기와 마법에 걸린 장소(뒷부분의 '나무 다리'와 '골짜기와 마법에 걸린 장소'는 밀른이 《위니 더 푸》에 이어 2년 후에 발표한 두 번째 푸 이야기 《푸 모퉁이에 있는 집》에 나온다.)도 모두 애쉬다운 숲에서 볼 수 있다고 한다. 《위니 더 푸》는 아버지가 어린 아들이 실제로 몸담았던 공간에서 아들이 사랑하는 인형들이 펼치는 재미난 모험을 이야기로 들려주는, 아들을 위한 선물이었던 셈이다.

《위니 더 푸》의 탄생에 어니스트 하워드 쉐퍼드(Ernest Howard Shepard)라는 이름을 빼놓는 것은 불가능하다. 그는 밀른보다 세 살 연상으로, 두 사람은 앞에 언급한 유머 잡지 <펀치> 편집부의 동료 직원으로 인연을 맺었다.

자료에 따르면 쉐퍼드는 《위니 더 푸》의 삽화를 그리게 되기까지 몇 차례 우여곡절을 겪었다. 원래는 다른 화가가 작업을 맡았는데, 동료 시인이 강력하게 추천하는 바람에 밀른은 마지못해 쉐퍼드의 그림을 선택했다는 것이다. 그는 삽화를 그리기 위해 밀른과 로빈이 살고 있는 집에 머무르며 아이와 인형의 모습을 스케치하는 열정을 보였다.

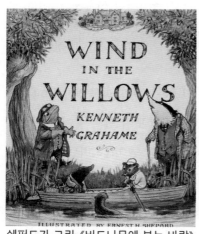
쉐퍼드가 그린 《버드나무에 부는 바람》

만일 쉐퍼드로 낙점되지 않았다면 우리는 오늘날 완전히 다른 버전의 푸와 피글렛을 만나고 있을지도 모른다. 그렇다 하더라도 곰돌이 푸는 지금과 같은 유명세를 치르고 있을까?

쉐퍼드는 셀 수 없이 많은 스케치를 통해 작품을 완성하는 것으로 유명한데, 그의 대표작인 케네스 그레이엄(Kenneth Grahame, 영국인들이 가장 자랑스러워하는 영국의 대표 작가, 1859~1932)의 《버드나무에 부는 바람(The Wind in the Willows)》 또한 방대한 양의 스케치를 바탕으로 빛나는 결실을 거둔 것으로 평가받고 있다.

월트 디즈니의 '위니 더 푸'

밀른의 개성 넘치는 문장과 쉐퍼드의 언뜻 투박하면서도 따뜻한 그림으로 합작한 《위니 더 푸》는 출간 즉시 선풍적인 인기를 불러모았다. 자신감을 얻은 밀른은 2년 후인 1928년에 역시 쉐퍼드와 손을 잡고 두 번째 푸 이야기 《푸 모퉁이에 있는 집》을 출간했고, 이 책 또한 큰 호평을 받았다.

1930년에는 책의 인기를 기반으로 푸 상품이 출시되었고, 1926년 출간 이후 세계 각국 50여 개의 언어로 번역 되어 누적 판매 7천만 부를 기록하고 있다. 1977년에는 월트 디즈니가 푸 이야기를 애니메이션 영화 <곰돌이 푸 의 모험(The Many Adventures of Winnie the Pooh)>으로 제작하면서 푸는 세계적으로 가장 잘 알려진 캐릭터 중 하나로 자리매김했다. 푸는 지금도 우리가 쓰는 일상생활 상품 곳곳에 등장하며 함께 살아가고 있다.

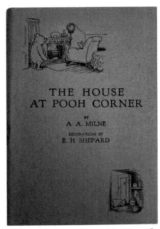

《The house at pooh corner》
초판본(1928년 출간)

곰돌이 푸 이야기를 그저 아이들 책으로 치부해 버리는 것은 곤란하 다. 이야기의 배경이 되는 100에이커 숲은 인간세상을 비유적으로 나타 낸다. 푸, 피글렛, 이요르, 래빗, 캥거와 루, 아울 등 등장 동물들은 우리들이 만날 수 있는 다양한 인간상을 빗대어 보여주고 있다. 어린이 에게는 순수한 동심과 우정의 소중함을, 어른에게는 더불어 살아가는 인생살이에 대한 가슴 따뜻한 메시지를 전해 주는 《위니 더 푸》는 아이 와 어른 모두를 위한 순백색의 동화라 할 수 있지 않을까……. 사람들의 마음을 먹먹하게 만드는 안타까운 뒷이야기가 하나 있다. 푸 이야기는 아들에 대한 아버지의 지극한 사랑이 본래의 출발점이었던 것인데, 책이 출간된 이후 부자(父子) 사이가 도리어 소원해지고 말았다. 밀른은 하루아침에 주목받는 작가로 떠올라 아들의 얼굴도 못 볼 만큼 바쁜 몸이 되었고, 아들 로빈은 그를 동화 속 주인공과 동일시하는 본의 아닌 세간의 유명세를 치르게 되어 평범한 어린 시절을 빼앗긴 채 작품 속 캐릭터들에게 애증의 감정을 품고 살아가게 되었던 것이다. 바빠진 부모 탓에 생일조차 혼자 보내야 했던 외로운 아이 로빈은 후일 자신이 가지고 있던 동물 인형들을 아무 미련도 보이지 않고 출판사 편집자 손에 넘겨주었다. 편집자는 이를 다시 뉴욕 공립 도서관(New York Public Library)에 기증해, 푸의 모델이었던 곰 봉제 인형을 비롯한 동물 인형들은 현재까지도 이곳에 전시되어 있다.

세월이 많이 흘렀다. 아버지 밀른은 1956년 74세의 나이로 눈을

뉴욕 공립 도서관에 전시되어 있는 크리스토퍼 로빈의 동물 인형들.
가운데 위쪽부터 시계 방향으로 푸, 티거, 피글렛, 캥거, 이요르의 모델이다.

감았고, 아버지처럼 작가로 살았던 아들 로빈도 1996년 76세의 나이로 세상을 떠났다. 저세상에서 재회한 두 사람은 1백여 년의 시간을 거슬러 올라 서로의 손을 꼭 잡고서 당시의 도타웠던 부자(父子) 간의 사랑을 다정하게 나누고 있을 것이다.

끝으로 이 책의 마지막 장면을 인용한다.

"푸, 너는 아침에 일어나면 가장 먼저 무슨 생각을 해?"

마침내 피글렛이 입을 열더니, 푸에게 물었어.

"아침으로 뭘 먹을까 하는 생각. 피글렛, 너는?"

"나는…… '오늘은 또 어떤 신나는 일이 일어날까?' 하고 생각해."

피글렛의 대답을 들은 푸는 무엇인가를 생각하는 듯한 표정으로 고개를 끄덕이며 말했어.

"내 말이 바로 그 말이야."

이러한 푸를 어떻게 사랑하지 않을 수 있단 말인가. 위니 더 푸, 피글렛, 이요르, 크리스토퍼 로빈 같은 이름은 영미권에서는 이미 익숙한 생활어로 통용된다. 푸는 '영원한 현재성'을 띠고 지금도 우리 곁에서 터벅터벅 걷고 있다.

저자 연보

1882 영국 런던에서 출생했다.

1890~ 어린 시절 H. G. 웰즈에게 사사하며 큰 영향을 받았고, 공립학교 웨스트민스터 및 케임브리지대학교 트리니티칼리지에서 공부했다.

1903 케임브리지대학교 트리니티칼리지를 졸업했다.

1906 학생 시절부터 학내 잡지에 시나 수필을 투고했으며, 대학 시절 영국의 유머 잡지 <펀치>의 편집 조수가 되었고, 이후 작가로 독립했다. 후에 <펀치>지 편집부의 일원이 되어 해학적인 시와 기발한 평론들을 발표했다.

1913 도로시 다핀 드 셀린코트와 결혼했다.

1919 제1차 세계대전 후에는 풍자적이고 해학적인 작품을 쓰는 작가로 이름을 알렸고, 희곡 《핌씨 지나가시다》를 집필했다.

1920 아들 크리스토퍼 로빈 밀른이 태어났다.

1921 《블레이즈의 진실》을 집필했다.

1922 《도버 가도》를 집필했으며, 불안감과 긴장감을 살리면서도 유머러스하게 사건이 전개되는 유일한 장편 추리소설 《붉은 저택의 비밀》을 집필했다.

1924 《When We Were Very Young》을 집필했다.

1926~1928 아들 크리스토퍼 로빈의 동물 인형인 곰돌이 푸, 회색 당나귀, 캥거와 아기 루, 아기 돼지 등을 모두 의인화시켜 익살스럽고 유쾌하게 풀어낸 공상 동화인 《위니 더 푸》(1926), 《푸 모퉁이에 있는 집》(1928)을 집필했으며, 지금까지 가장 인기 있는 작품으로 널리 읽히고 있다.

1929 무대 공연을 위해 아동 명작인 케네스 그레이엄의 《The Wind in the Willows》를 《Toad of Toad Hall》로 각색했고 10년 뒤 자서전 《It's Too Late Now》를 집필, 출간했다.

1930 《마이클과 메리》(1930) 등과 같은 몇 편의 희극으로 상당한 성공을 거두었다.

1956 1월 74세의 나이로 삶을 마감했다.